備位冥使

見習いグリム・リーパー

皇甫洛雲

十八歲，大一新生。

口頭禪 混蛋！（內心有無盡吐槽）

外表 總是頂著一張無辜的無奈臉，是個現實派。

裝扮 一般大學生模樣，身穿輕便的服裝與牛仔褲，喜歡背著後背包，頭髮有點微亂，家訓有言，不可以染髮，所以他的髮色是萬年黑。訂下契約後，左手手背上，有著五元銅板大小，如花瓣一般的黑與白花瓣交錯的六瓣花印記。左手手腕掛著串成手鍊一樣的透明戒珠。

武器 是把雪白色的鐮刀，刀與柄可以對折摺疊，刀名為「霜」。平常收在一個雕花箱子裡。

備位冥使
見習いグリム・リーパー

柳逢時

冥使事務所柳分部的分部長，統稱分部長，或是直呼姓氏「柳」，年齡不詳。

口頭禪 你覺得呢？（笑）

外表 有著俊俏的外型，總是一臉狐狸笑，說話語調有讓人無法反抗的氣息，是個很自信的人。

裝扮 黑色及肩長直髮，平常都會綁起，身著分部的黑色制服。左手手背有六瓣花印記，平常會戴著印有分部名字的手套遮住。

武器 未知。

三日月

三日月

輕世代
FW031
備位冥使
見習いグリム・リーパー
I
六花淨魂
DARK櫻薫 著
LASI 繪

備位冥使

推薦序

上有天使，下有冥使。不幸的是，皇甫小老弟的命運不是到天堂去當天使，而是來到陰間當冥使，從此開啟了他的菜鳥生活。

這是個主角沒什麼地位，不斷被各種角色S的故事。（蓋章無誤）

所謂主角的人生都是悲劇的，皇甫小弟的生活也不例外，不過在故事當中，他與嗚之間的互動可愛得讓人很想親臨現場，在旁偷窺（等等）。我想，過個幾天後，皇甫小弟的黑眼圈應該就會跟熊貓一樣了吧！壓力加上熬夜加上睡眠不足，天天帶罐蠻牛在身邊不知道有沒有幫助？

小薰的故事，在角色的互動上面一向很可愛，這樣的寫作方式讓《冥使》這個故事更加活躍了，角色們欺負皇甫小弟的方式也更加S（喂），看完一集會讓人忍不住想接下去看，想知道角色們更多的祕密，想知道故事最後會如何發展，想知道皇甫小弟到最後會不會由M變成S（等等後面偏離了！）！

看完《冥使》這個故事後，大家一定也會像我一樣想要一起跟其他人好好的欺負皇甫小弟這個小小菜鳥了。所以第二集就要開始正式進入皇甫小弟的菜鳥修羅訓練營囉（喂）！

好的故事值得推薦，沉穩不失趣味的內容、鮮明又可愛的角色互動，全都在《冥使》這套書裡呈現出來了，歡迎大家跟我一起入坑❤，加入S皇甫小弟的行列中。

BY草子信

楔子

怨氣生成

她茫然地走在漆黑的街道上，由於是深夜時刻，路上只有零星的車輛或是機車從她的身旁呼嘯而過。

不知為何，她的腦海是一片空蕩，手拎著包包，踩著緩慢的腳步走到大排水溝的橋梁旁邊。

耳邊傳來陣陣潺潺流水的聲音，她鬆開手，將包包扔至旁邊，將自己的身體不斷往橋梁的方向靠近，空白的腦袋驀地傳來幾句屬於「自己」的聲音。

——跳下去。

——反正他已經不要妳了，那就跳下去吧！

聲音像是給予了女子力量，她抬起無神的眼，手放在橋墩上，身子毫無懸念地向前傾——

猛地，一道強勁的力量將女子拖回地面，頓時女子「清醒」了過來。

「噫——」

女子看著前方的大排水溝，腦袋回憶著方才的經過，唇中溢出惶恐的叫聲，她半坐在地上挪移自己的身體，遠離那條自己剛剛正要試圖跳下的排水溝。

她在做什麼！

女子冷汗涔涔，想不透自己為什麼這麼想不開。

對於那拋棄自己的薄情男友光是復仇都來不及了，怎麼可能會想要自殺！

饒是如此，女子還是沒有忘記試圖阻止自己跳下排水溝的手，她回過頭，看向站在自己身後的一名身穿黑色大衣的青年。

青年的雙手置入大衣的口袋裡，雙眼直直地盯著她，眸中透出不耐煩的神情。

「謝、謝謝……」

女子臉色蒼白地對青年道謝。

只是青年眸中的神色讓她感覺不到一絲溫度，然後，女子看到青年的手從大衣伸出，拿出一把黑色的槍。

「噫——唔唔——」

女子張起唇，放聲慘叫，但下一秒聲音卻戛然停止，完全無法出聲。她錯愕地摸著自己的脖子，恐懼的淚水已經爬滿了自己的臉。

「妳以為我會放著妳這樣去死？」青年舉著槍半瞇著眼，吐出冷淡的話語，「真讓怨氣做掉妳，我才真的是蠢人。」

女子不斷地搖頭，她聽不懂青年話中的意思。

「畢竟充滿怨氣的魂，會自動吸引其他類型的死魂，妳死後，才真正讓他們的力量得以壯大。」

青年的眼裡沒有那名女子，在他的眼裡只有盤附在女子身後黏膩的黑色怨氣以及被女子吸引而來的死魂。

對那些怨魂而言，女子已經是同伴了。

「為了避免不必要的麻煩——」

青年挪移食指，用力扣下扳機！

槍沒有發出「砰」的響聲，女子卻連叫都無法叫出，雙眼視線霎時黑掉，什麼都看不清楚，意識陷入黑暗之中，「啪」地一聲身體一軟倒在地面之上。
青年默默地將槍收起，冷淡地看著昏迷的女子。
「咚！」
身後傳來物品掉落的聲音，青年應聲轉頭，看到自己身後站著一名傻愣在原地之人。
青年看到露出錯愕神色像是路過的少年，持槍的手挪移，指向少年——

壹・遺物與地府機構

「您覺得呢？皇甫小弟？」

皇甫洛雲呆愣地看著長相俊俏，有著一頭及肩的長直髮的黑衣青年，眨了眨雙眸，發出疑惑的嗓音。

「嗄？」

什麼他覺得？他可以說他聽不懂嗎？

不不不，他一定要聽不懂，直覺告訴他，若是他回答了青年，下場一定很難看。

面對皇甫洛雲那張痴呆神情，青年發出低笑聲，指著他手中的紙，重複解釋道：「我是問，你覺得來我這裡工作，應該沒有問題？」

「唔……」

皇甫洛雲有些頭痛地揉了揉額角，低眉瞥視著不知何時，就被他拿著的契約書。

『見習契約書：

恭喜你，皇甫洛雲先生，您被挑選為本事務所的見習生，這是一個強制性的契約，您無法拒絕或當場撕毀此契約書，只能直接簽名蓋章，馬上履行您未來的契約工作，本事務所非常感謝您的合作！』

從這與賣身契無異的契約書和青年的話語判斷，皇甫洛雲越來越相信，他絕對是被詐騙集團騙來的！

「呃，我可以拒絕嗎？畢竟這真的很有問題……」

皇甫洛雲苦惱地揉了揉額際，他會這樣懷疑，原因沒有其他，只因為他還沒有正式找打工工作、也沒有在路上隨便亂簽問卷，綜合以上幾點，再用一點不科學的說法，原因一定出自於在家中的那把古董鐮刀。

啊啊，最近煩心的事夠多了，沒必要再添這一樁吧？

「別把一切怪罪在那個東西上。」

青年像是可以聽到皇甫洛雲的心聲似的，輕哼聲，勾唇露出一抹邪魅的笑。

「一切都是注定的，你的生前、死後都是這裡的，你沒得選擇。」

皇甫洛雲喉頭霎時哽住，這意思是他手上的契約不只是什麼生前契約，連死後都包含在一起？

「我……」

「別『我』了，那就這樣決定了吧？」青年不給他回嘴的機會，抬起手，彈了個響指。「總之，從現在開始，你就是我的員工，你沒得選擇。」

這句話像是帶著奇特的魔力，皇甫洛雲先是一愣，然後不自覺地拿起辦公桌上的筆，簽下這張「賣身契」。

當他像是被迷惑似地簽完合約後，腦袋回復清明，發現自己做了不可挽回之事，立刻甩掉手中的筆，想要抬手抓回契約書，將它撕爛，但黑衣青年的速度比皇甫洛雲快上一步，他抽走皇甫洛雲手中的賣身契，立刻收起。

「謝謝合作。」黑衣青年笑著對他說道：「那麼，本人在此誠摯的歡迎你加入我們的行列。」

炎炎夏日，燥熱的天氣讓人無法恭維。

七月的天氣就跟烤爐一樣，又悶又熱，只會讓人有懶懶地躺在家裡，猛吹著冷氣的衝動。

「啊啊，昨天到底發生了什麼事呀！」

皇甫洛雲愣愣地躺在沙發上，炎熱的天氣只讓他的腦袋跟漿糊一樣，糊在一塊，根本就沒有思考空間。

他懶懶地抬起手，看著刻印在手背上，大約有五元銅板大小，如花瓣一般的黑與白交錯的六瓣花印記。

——這是契約，不要忘了。

那位身穿黑衣的青年所長——柳逢時笑著遣他離開時，還刻意指向他的手，咬字清晰地對他說著。

原本皇甫洛雲還不明白柳逢時的意思，他被那位青年所長趕出事務所，回到家沉沉睡去，醒來就發現，他的手背上多出了這樣的怪異花紋。

想起自己看到的當下，以為自己在那裡印到怪印記，他便沾水想將印記洗掉。只是不管他怎麼摳，印記都弄不掉。

拜託家裡的人想辦法處理，卻被家中無良父母一搭一唱地調侃他，皇甫洛雲真的很想要大罵父母沒良心。

「小雲，我和爸爸要出門一趟，你要在家裡好好顧家唷！」

「好！我知道！」突然，玄關傳來母親拉高的嗓音，皇甫洛雲聞言，也大聲回應。

接著外頭便傳來關門的碰撞聲響。

「……爺爺的頭七是什麼時候？」

皇甫洛雲慵懶地躺在沙發上，唇中溢出來不及過問的問句。

然後，皇甫洛雲瞇起眼，發出喟嘆的唇音：「啊啊，早知道前天就不要去地下室了。」

前幾日，爺爺過世了。

面對突然辭世的老人，父親便去處理爺爺的身後事，卻意外發現親戚們想要把爺爺的寶貝古董賤賣，父親不想讓他們得逞，就把那些古董「收留」到家裡去。

也因為這層原因，他也不會一時興起好奇去了地下室查看收到家裡的古董樣貌，自己也不會遭逢那件怪事。

如夢似幻，當初是為了什麼鬼迷心竅而進入地下室？

皇甫洛雲忘了，他只知道前天自己走進了地下室，去看看爺爺遺留下來的珍稀古董。

地下室滿滿的古董瓷器，還有看不出年代的物品。其中在地下室最內側有一個房間，放著各種具有年代性的鐵器。

那些並不是贗品，都是真貨，父親為了區分瓷器與鐵器，都將那些鐵器放入小黑房裡，以防進入的人誤觸傷到。

小黑房裡，有一個單獨放置的大型箱子。

箱子很長很大，上面寫滿了看不懂的字，箱子的八個角落貼著破舊的黃色符紙。對於這刻意獨立擺放的物品，也不讓人查看內部狀況，見著的人說不好奇也是騙人的。

所以他動了，他的雙腳像是被莫名的線牽引，不自覺地動了起來。他緩緩地抬起手，撕掉了貼在邊邊角角的符紙，手使勁——將木箱的上層推開。

箱子裡，還有一個箱子，不，正確來說，那比較像是長型盒子的褐色雕花木盒，他粗略概算長度，盒子長度大約有兩百公分。

對於這個箱中盒，皇甫洛雲的腦袋是空白的，動的，只有他的身體。

手摸著盒子，那像是怕碰到什麼易碎物品似的，動作十分的小心。他輕輕地撫著盒子上的花紋，一條、一紋仔仔細細地摸著，那是想要用手把那紋路刻在心一樣的用心。

摸完了盒上紋路，他的手向下伸摸到鐵釦，手指微動，將扣住盒子的鐵釦扳開。

「啪」地一聲，鐵釦翹了起來，他將盒子打開，盒內物品是一把鐮刀，鐮刀的刀柄與盒子幾乎一樣的長，刀刃部分是和刀柄摺疊起來，一起置入盒中。

鐮刀。

這是古董嗎？鐮刀的刃面是透著雪白色的光芒，可以將他的樣貌完全映照在刀刃上。

好漂亮。

皇甫洛雲心中讚嘆著，這一把雪白色的鐮刀深深吸引住了他的目光，下意識地，他伸出手指碰觸著刀刃，摸到快接近刀柄的部分，明明沒有刻字，指尖上原本覺得平滑的觸感卻像是突然摸到字體一樣，他不用看，腦海自動浮出字樣，那是一個篆體字——「霜」。

「『霜』。」

不自覺地，唇張起，吐出了絕不可能出現，卻是屬於刀身上的名字。

瞬間，手傳來刺痛感，方才手似乎不小心施了點力，碰觸刃部的食指中央劃出了一個口，紅色的液體從傷口溢出。

「好痛！」

皇甫洛雲吃痛叫出，忍住想要甩手的衝動，抬起沒傷的另一隻手將血抹去。

但他還是晚了一步，部分滴出的紅色血液落入盒子之中，雪白色的鐮刀刀身霎時染上了一絲血紅。

他緊張地左右張望，想要找塊布將刀身上的血跡擦掉，他一邊吸吮著手指上的血，口腔浸滿淡淡的鐵鏽味。

皇甫洛雲找了老半天，終於找著了一塊骯髒的抹布，他單手拎著抹布，正要拭去刀上的鮮紅痕跡時，他愣住了。

雪白色鐮刀上所遺留下的血跡，彷彿被鐮刀吸盡似的消失殆盡，乾乾淨淨，沒有任何的蹤跡。

霎時，腦海裡自動浮出一段影像。

那是一塊荒地，荒地之上有一棟廢棄的白色洋房，外圍的鐵色拱形門透出鏽蝕色彩，雜草叢生，看似已經廢棄許久。

視線向內延伸，順著那通往二樓的灰白色階梯，往二樓最內側移動，大門自動地咿呀打開，意外地，裡面十分整齊乾淨，與外頭屋子樣貌有著極大的反差感。

更讓皇甫洛雲訝異的，莫過於是這樣看似荒屋的所在，居然還有人待在裡面！

那是一名長相俊俏的青年，他就坐在內側的辦公桌旁，雙手手肘抵在桌面上，他抬起眼，黑色的雙眸透出詭譎不明的笑意，清楚明確地與他的眼睛對上。

青年的唇一張一闔，明明聽不到聲音、他也不懂什麼唇語，那段無聲話語卻清晰的灌入腦袋之中。

——歡迎吶，新人。

語落，影像如電視關閉一樣，啪地消失。

腦袋停頓了很久，皇甫洛雲久久無法回神，他怔怔地望著雪白色的鐮刀，左手扶著自己的腦袋，訥訥地消化方才莫名出現的資訊。

「什麼跟什麼？」

皇甫洛雲忍不住吐出問句，感覺自己踏入了什麼要不得的領域，甫一回神，趕緊慌忙地將雕花盒子關上，並將小房間的一切復原，假裝自己從未進入這塊「禁地」，若無其事地離開地下室。

但到了次日，也就是昨天，他就收到了未署名的空白信件。

信封外只有寫上自己的名字，沒有郵戳、也沒有收件人和寄件人地址。摸摸信封，裡面也沒有任何的東西，這封信彷彿是被人惡作劇似的，蓄意投遞在信箱內。

手指揑著信封，他可以在當下立即將這信封扔掉，但皇甫洛雲遲遲沒有動作，彷彿被這封信下了無形暗示，默默地收回信封。

到了晚上，家人從老家回來，回房熟睡了。皇甫洛雲便偷偷地離開家裡，前往那不知道地點、連那裡有什麼東西等著自己也不知道的所在地。

他來到那荒地上的廢棄洋房的外面，順著那時記憶的影像，走著那灰白色的階梯，來到屬於最內側的房間。

裡面，的的確確有「那個人」。

內中的黑髮青年噙著一抹笑，像是早就知道他會前來似地，雙手枕在下巴下，微偏著頭，輕輕地說出那他早已知悉的話語。

「歡迎吶，新人。」青年笑著說道：「我叫柳逢時，請多多指教。」

接著，迎來的是無法離開的不歸路——

至今皇甫洛雲依然無法想通，自己為什麼會鬼迷心竅地簽下那份奇怪的契約。

柳逢時對他說，他所工作的地方是陰曹地府的陽世部門，簽完了約，他自己就可以離開辦公室，回家好好休息，隔天他正式上班時再與他介紹事務所的成員們，讓他這新人可以多加了解與自己一起工作的同事們。

但對於事務所的工作時間，皇甫洛雲內心只有滿滿的吐槽。

『……對不起，我是學生應該沒辦法配合你公司的上班時間唷！』

『這一點請你放心，上班時間半夜十二點，十一點你要先到事務所準備。我想，這段時間應該不會干擾到你的上課時段吧？』

瞧對方一臉笑咪咪地對自己解釋，這讓皇甫洛雲又是一陣無語。

怎樣的工作地點是半夜十二點開門的，就算是夜店也不會這麼晚開門吧？

不忍說，他到現在還沒有膽告訴家人，他簽了一份詭異的「賣身契」。

想到這裡，皇甫洛雲靈光一閃，靈感逢生。

先前的打工經歷告訴他，有一些已經簽約要工作的員工因為適性不合，不是做不到三天就不幹了，不然就是電話告知不做、或是直接大搞人間蒸發，一直找不到人，最後電話過去，對方委婉表示自己無法勝任這份工作。

這樣的奧工讀生每家打工地點遇到的比例挺高的，頭一次皇甫洛雲想要當一次奧工讀生，如果他不去上班，放那一間事務所的人鴿子，那麼，那些人應該就不會找他了吧？

想到這裡，皇甫洛雲的嘴角勾出一抹笑。

那就這樣吧！

不去理會，繼續跟往常一樣打混摸魚，然後找暑期的工作。

眼簾下垂，順著客廳那舒服的冷氣，皇甫洛雲緩緩的閉上眼睛，進入夢鄉。

不知道過了多久，家裡的人也沒有叫他起床吃飯，眼睫顫動，似乎覺得可以起床了，皇甫洛雲睜開雙眼，卻發現映入眼簾的天花板格外陌生。

半睡半醒，困惑地揉了揉眼睛，側著頭左右張望，發現身處之處並非自己的家，而他身下躺著的沙發很軟，也不是自家產品。

嗯，繼續睡好了。

皇甫洛雲是這樣想的，翻個身，繼續睡。

但下一秒，他立刻大叫跳起：

「這裡到底是什麼地方！」

睡睡睡、睡個鬼呀！

現在可不是安逸睡覺的時候！

他來到一處陌生地方，而這是一間陌生的房間，通往外面的房門是半敞開的，而這裡也只有身前的茶几和身後的黑色沙發。

「唷，醒來了？」

順著聲音望去，不知何時，門口站著一名不認識的女子。

她有著一頭及肩褐捲髮，身穿白色襯衫和黑色短牛仔褲，女子的雙手環在胸前，對他露出盈盈微笑。

「請問妳是誰？」

皇甫洛雲深深懷疑自己身在夢中，詢問女子同時還不忘抬手捏捏自己的臉頰。

但很可惜，臉頰的痛覺告訴他，眼前這一切是事實。

「你不是見過柳了，怎麼還問我這個蠢問題。」

女子挑眉，說話口吻透出陣陣的不耐。

皇甫洛雲沉下嗓音，認真說道：「這是綁架。」

他沒有離家的感覺，就算女子用「夢遊」這兩個字來敷衍他，皇甫洛雲也不會相信。另外，他從女子這一席話判斷，相信自己是來到那間詭異的事務所。

「綁架？」女子哼聲，顯得不以為意，「新人，這句話等你確定你為何出現在這裡，你再跟我們說這是『綁架』！」

女子撂下狠話，轉過身直接離去。

看著女子離開的身影，皇甫洛雲低聲自語，「真的會跟過去確認的人才是傻子吧！」說完，皇甫洛雲立刻跑出房間打算找路落跑，但他沒想到，一踏出去，映入眼簾，就是那熟悉的辦公桌以及青年。

一樣是柳逢時的辦公室，只是這次有點不一樣，噙著一抹笑的黑髮青年身旁站著方才所見的女子。

皇甫洛雲內心驚了一下。

他沒眼殘也沒眼瞎，對於自己踏出的房間，他很肯定那時看去時，門外的確是走廊。

俗話說的好，退一步海闊天空，他必須重新退回那個小房間，將腦袋中已經混亂的資訊重新整理。

心下決定，皇甫洛雲自行倒退嚕，但他後退了好幾步，自己卻還在柳逢時與女子身處的辦公室內。

明明只有一步的距離，怎麼後退這麼多步，自己都沒有回到那房間內？

用力扭頭查看，皇甫洛雲驚愕到一句話都無法完整說出。

「怎……」

怎麼可能？房間居然不見了！

他現在就站在辦公室的中間，而自己的身後就是牆壁，不管怎麼退，他一定是直接撞壁收場。

「好了嗎？」

柳逢時笑笑地看皇甫洛雲，當下，他無地自容，很顯然地，對方已經看了他很久的笑話。

「我為什麼會在這裡。」

眼前的狀況讓他知道自己絕對逃離不了這裡，逃不了，那他只能面對了。況且，現下狀況可不是用超能力還是什麼就能夠說過去的。

「這棟房子的空間與我的辦公室是相連的。」青年如是說。

「只要柳『想』，你都沒辦法離開。」女子附和說道。

腦中思緒整理完畢，皇甫洛雲深深覺得，自己被柳逢時坑了。

「超能力？」

好吧，算他孤陋寡聞，想死也要死得明白，皇甫洛雲也只能硬著頭皮問了，除了這一點，也說不通自己怎麼可以從自家蹦到這個看似廢棄的鬼地方。

「嗳，這不是超能力，也不是瞬間移動。」柳逢時啞然失笑，還是好心解釋，並重新介紹自己，「我怕你昨天沒聽清楚，重新跟你自我介紹一下。我是這間冥使事務所的分部長，敝姓柳，柳逢時。」

「你好，我叫皇甫洛雲。」

俗話說的好，伸手不打笑臉人，既然柳逢時客氣重新介紹自己，皇甫洛雲也禮貌的報上自己的名字。

「宓兒？」

柳逢時笑笑地望向女子，女子的雙眸透出不甘心的意味，對他抗議道：「柳，我還是不贊同你的決定，你看他的反應，你就知道你找來的是什麼都不懂的新人！」

「宓兒，這應該不是妳說了算，這是我的決定，妳要服從。」

「柳！」

女子氣得跺腳，她不懂，為什麼柳逢時不聽取她的意見，非得堅持要收下皇甫洛雲。

「宓兒，禮貌，介紹一下自己，讓皇甫小弟知道妳是誰吧？」

柳逢時明擺著不想回答她的問題，她不滿地瞪了皇甫洛雲一眼，道出自己的名姓。

「宓，甄宓，冥使事務所的副分部長兼分部長祕書。」

原來這女的地位不低呀！

皇甫洛雲眨了眨眼，對甄宓點頭回應，然後思考接下來的應對方向。

從柳逢時與甄宓的對話判斷，他來這裡「工作」，這裡的員工是抱持反對的意見，若是如此，對他來說也是好事。

「你……」皇甫洛雲正要說話，卻不知道該如何稱呼柳逢時，頓時氣虛卡住。

「叫我柳或是分部長。」

「噢，分部長，可以請你解釋一下嗎？其實我到現在還是不明白你為什麼讓我在這裡工作。」

皇甫洛雲對於自己瞬間移動到這個鬼地方，說什麼也要柳逢時解釋下去，不可以讓他有轉移話題的機會。

如果柳逢時不願意給他解釋，那麼，這工作就算簽約了，他也可以拒絕，畢竟簽約這種事本來就不可以有模糊地帶。若是有，他也可以針對這一點提出疑義，另外他也可以鬧得嚴重一點，讓柳逢時覺得這裡容不下他，自動讓他離開。

他不相信，用出這種方法，這些人還會壓著他工作！

甄宓見到皇甫洛雲那抵死不從的眼神，眉頭不悅挑起，張起唇，正要說話時，被柳逢時抬手阻擋。

「柳！」甄宓不解大吼。

柳逢時一個眼神過去，那冷然的目光讓甄宓立即闔上嘴，露出委屈的眼神。

「這裡是陰曹地府的陽世分部，你的生前、死後，都是我的。自然，上工的時間一到，你必然會出現在這裡。」柳逢時故意不理甄宓，耐心地對皇甫洛雲解釋。

「有這麼方便的技術，那怎麼不申請專利，便利一下世人。」皇甫洛雲聞言，忍不住地吐槽了這位分部長。

「呵，你有沒有想過，為什麼世人繪聲繪影的鬼總是來無影去無蹤？人有人的陽間道，鬼也有鬼的陰間路，你會出現在這裡，自然也是拜那陰間路所賜。」

「冥使什麼的……既然是陰曹地府之類的公司，也應該要叫鬼差事務所，而不是什麼詭異的冥使稱呼吧？」

好吧，既然對方要往陰曹地府那邊扯，皇甫洛雲也奉陪。

雖然他對於這一類的沒有深入研究，但多多少少也是知道一些。他不是沒看小說漫畫，也不是沒有聽過一些人們口耳相傳的傳說，他必須要讓柳逢時知道，他不是什麼能夠隨便唬弄的角色。

「哎，皇甫小弟，你好像不懂呢。」柳逢時也不是什麼好惹的角色，立即反擊，「你也知道我們是陰曹的分部，處理著陰曹事，我們這些身為冥界之人的陽間使者，不就是『冥使』

了？」

說完，柳逢時粲然一笑，賞了皇甫洛雲一記軟釘子。

有理！這超有理，而且還找不到可以反駁兼吐槽的機會。

皇甫洛雲頭痛了，真不愧是位居於分部長的人，沒有三兩三，豈敢上梁山！

「我思考了一整天，我還是覺得我無法勝任這份工作。」

既然對方也不是什麼好打發之人，拐彎抹角談下去也沒有用，皇甫洛雲單刀直入，挑出重點。

「皇甫小弟，既然我敢收，你也不需要覺得你無法做這份工作。」

「那位甄宓小姐說得沒有錯，我不懂這一些，你找我也沒有用。」皇甫洛雲可沒有忘記甄宓很不想要讓他加入。

「柳，這小鬼說句人話了呀。」甄宓輕笑，對皇甫洛雲的好感加上一分。

「宓兒，先安靜。」柳逢時擺手，要甄宓後退，然後對皇甫洛雲說：「皇甫小弟，誠如我先前所說，你的生前、死後都是我的，這意思你應該明白，你的魂在我手上，你要怎麼走？」

「我辭職，放我走。」

「去地獄也沒問題？」

「咦？」皇甫洛雲傻眼，這是啥跳痛的對話！

「就是這意思。」柳逢時勾起唇，露出一抹得逞的笑意，「事務所也是有業績制度，如果你真的想要拿回你的靈魂，就好好地替我工作——直到贖回你的靈魂為止。」

發大絕了。

皇甫洛雲是這麼認為的，他萬萬沒有想到，這位冥使事務所的分部長居然出這招。

他好歹是即將進入大學殿堂的大學新鮮人，他也是有工讀過，自己遇過不少奧客，想要嚇他？不可能！

「那就去吧。」皇甫洛雲沉下臉，故作冷淡道：「我也不知道你們這裡薪資怎麼算，這個無本工作我本來就不會去做。真的有辦法讓我下地獄，就讓我去；如果沒有辦法，請你立刻解除契約，讓我回家。」

「哎呀，宓兒，這次我們遇到好玩的人了。」輕輕一笑，柳逢時笑看著身後的甄宓。

「柳，你想要讓他見識一下？」甄宓皺眉，不認為柳逢時是在開玩笑。

「是的，若是我真的什麼都不做，那也太枉費他的決心。」柳逢時的雙手平放在桌上，身著一襲黑衣的他站起身來，輕聲說道，「那麼，皇甫小弟，就讓你見見何謂『地獄』。」

話音悄然落下，柳逢時揚手，宛如暗示似的，拇指與中指交疊，擊出清脆的響指聲。

瞬間，皇甫洛雲意識霎時中斷，沉入黑暗。

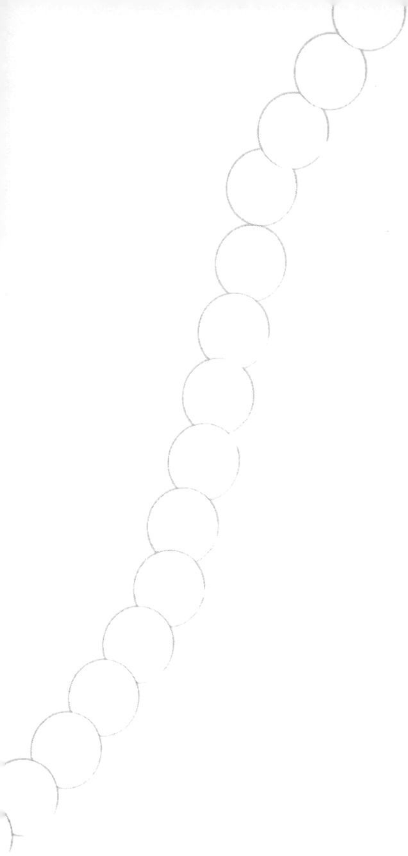

貳・收怨戒珠

「……」

皇甫洛雲的眼睫用力顫動，睜開眼，發現自己倒在事務所的地板上。

他努力爬起身，腦袋一陣暈眩，完全想不起自己因何倒地。

「如何？」

不知何時，柳逢時重新坐回他的位置上，雙手手肘抵在空無一物的辦公桌上，下巴靠在交疊的雙手，對他問道。

「……你在說什麼？」

皇甫洛雲白了柳逢時一眼，他的記憶莫名的一片空白，想不出自己有與柳逢時說些什麼，而且皇甫洛雲也注意到這裡只剩下他與柳逢時兩人。

「呵，想要問你地獄一遊的感想如何呀！」

柳逢時說得十分清淡，皇甫洛雲的目光迎上那位手托著下巴的柳逢時，並看到那雙幽暗的雙眸，瞬間讓皇甫洛雲打了寒顫，渾身起了疙瘩。

似乎有什麼自己想要刻意遺忘的記憶從腦海浮出，那是一抹不想要抓起的記憶碎片，他的內心一直有個聲音對他吶喊著，要他不要想起。

不自覺地，皇甫洛雲的全身已經溢滿了冷汗，他看著柳逢時，下意識地後退。

「不需要這麼緊張，皇甫小弟。」柳逢時笑笑地跳過「地獄」的話題，「對了，稍微提醒你一下，上班時間是固定的，不論你身在何方，時間一到，必定會出現在這裡。當然，有特殊緊急事件要找你時，你也不能抗拒。」

話題，又回到了最初。

皇甫洛雲的事務所工作是確定會進行的。

況且，契約本來就在柳逢時手上，皇甫洛雲本身就沒有拒絕的本錢。

「就算是如此，我還是想要辭職——」

皇甫洛雲壓根就不想做這種詭異工作呀！

一想到事務所要徵召他，自己會自動出現在事務所內，他的生理和心理都在排斥著。

「哎，現在的人還真怪，都已經明確了解自己的狀況了，還想要往死裡踩，是這麼想要死嗎？我還是一句話，若是要辭職，我不介意讓你真的憶起地獄的一切，讓你抱著恐懼，無法回頭地下地獄去吧！」

柳逢時抬起手，伸出拇指，其他四指對著掌心合起，拇指向下，用力朝下比去！

皇甫洛雲見狀，壓抑內心想要飆出髒話的想法，大聲喊道：「這不公平！」

「誰叫你簽約了，你的魂就是我的了。」柳逢時輕鬆說道。

「那時候我根本就不了解狀況！這是詐欺！惡意詐欺！我才不要在這奇怪的地方工作！」

柳逢時輕輕嘆氣，故作可惜道：「好吧，那我真的要送你下地獄去了，再見了，皇甫小弟。」

「停，等等！」

身體動作大於腦袋動作，嘴巴動作又比身體快上一分，抬起手的同時，皇甫洛雲的聲音已經先從唇中溢出。

「請說。」

「我、我願意工作。」

不知怎地，皇甫洛雲對「地獄」這兩個字很敏感，心底一直告訴他，想不開的人才會去地獄！

礙於對方的恐怖脅迫，皇甫洛雲認了，他還是順著對方的意思，在這間事務所工作。

「太好了，那麼，我再一次歡迎你，皇甫洛雲小弟。」柳逢時聞言，立刻站起身，用誠摯的口吻說著，「——歡迎你加入冥使事務所，柳分部。」

皇甫洛雲手拍著雙眼，忍不住地，替自己掬了把辛酸淚，吐出近乎自暴自棄的嘆息聲。

這一回是真的把自己給賣了。

把自己賣給這一間詭異的——冥使事務所．柳分部。

面對自己無法控制的事態發展，皇甫洛雲內心頓時萌生出無地自容的想法。

「啊啊，好想死呀，這是什麼天殺的鬼狀況！」

手摀著雙眼，皇甫洛雲的唇中溢出近乎自暴自棄的喃喃自語，好死不死地這話傳入了柳逢時的耳中。

「皇甫小弟，你想死的話，我是會舉雙手贊成的唷！」

柳逢時笑著回應，皇甫洛雲的眼神又死上了一分。

「混蛋！我怎麼可能讓你稱心如意！」

新人報到，對於這初來乍到的環境，柳逢時秉持著自己是這一間事務所分部長，要帶新人熟悉環境，便領著皇甫洛雲介紹事務所的內部構造。

「其實這裡也沒有什麼特別的，基本上，這也只是一間普通的房子。」

柳逢時先從二樓辦公室附近的房間開始介紹，他沒有打開門讓皇甫洛雲查看，只是抬手朝門的方向點了點，跟他介紹內部房間的用途。

「這些都是接待室和員工休息室。」柳逢時說。

「不打開讓我看看？」皇甫洛雲盯著那些門板，困惑問道。

「誠如我方才所言，那些都是接待室和休息室，只是一般的房間罷了。」

「不會跟我自動出來的狀況一樣，隨傳隨到？」

遙想方才出現柳逢時辦公室的地方，皇甫洛雲自然地想到這一層。來這裡的員工還真可憐，應該是連休息都沒辦法休息，工作一來，就被叫到柳逢時的面前。

「皇甫小弟，你是特例與其他人不一樣的。」柳逢時抬起手，晃晃手指，輕聲解釋道：「這裡的員工『幾乎』都住在這裡，唯一的特例就是有家可以住的你。所以那些休息室也算是他們的私人房間，我們並沒有闖入、也沒有妨礙他們休息，來直接召喚他們的必要。」

皇甫洛雲瞟了柳逢時一眼，怎麼聽他說話口吻，感覺像是在怪他？

柳逢時捕捉到皇甫洛雲那抹瞬間的神色，輕聲笑道：「別太介意，我只是就事論事罷了。」

「說是要帶我介紹這裡，結果什麼都不能看，這不是很奇怪嗎？」

柳逢時輕輕嘆氣，只好重新說明，「所有人工作地點只有一處，就是你所看到的辦公室。接待室你想進去可以進去，其他房間是『客房』，都是有人住的，請注意個人隱私，不要擅闖進入。」

「了解。」

皇甫洛雲聳肩回應，方才柳逢時帶著他介紹二樓房間，粗略算了一下，「客房」也有十來間。他見過洋房外觀，不記得這房子有這麼大，但想到那所有房間自動可以通到最深處的辦公室，他就不覺得詭異了。

「分部長，你說的陰間路到底是什麼？」

「哎，差點忘了現代人有點不懂這些常識呢。」

柳逢時走到二樓通往一樓的階梯，緩緩地往下走。

皇甫洛雲嗤了一聲道：「「分部長，這樣的說法不太對吧？死後世界我又沒有去過，就算是活人也頂多是聽別人說吧？更別說這些已經都沒有人在注意了，誰知道具體是怎樣呢？」

關於這一些「常識」，以前他也常聽老一輩的人說一些禁忌、規矩的，但現在時下的人們都不在意，對於過去的那些繁文縟節的儀式忘記了泰半、甚至於精簡，還有出現現代電子化的東西。

過往的一切在這資訊爆炸的現代，幾乎都變了調，反而沒有以前的那些傳統味道。更別說環保意識抬頭，很多傳統觀念像燒金紙等都會順應時代改變。

「你挺敏銳的，皇甫小弟。基本上，一般人聽到我這麼說，還不會問東問西呢。」

柳逢時抬起頭，看著依然站在二樓樓梯口的皇甫洛雲。

「我不是一名會不懂裝懂的人，分部長。」皇甫洛雲知道柳逢時抓到他想要說的重點，再接再厲道：「既然這是陰間路，我這大活人又怎麼到你這裡？」

——時間一到自動出現在事務所。

陰間路是給死人走的路。柳逢時再怎麼神通廣大，也不可能將一個大活人不知不覺間一下就搬到這個偏僻地方的洋房裡。

皇甫洛雲第一次拿著那空白信封時，是親身來到這間冥使事務所，他可是自己騎摩托車來的，附近有多荒涼他也不是不知道。

「皇甫小弟，我能掌握你的靈魂，為什麼我不能掌握這棟屋子？」

柳逢時抬起手，雙指交疊，手比向皇甫洛雲，做出準備彈指的動作。

「你很聰明，真的，一般人也不會挑出這樣的語病，如同方才我所言，他們聽到『陰間路』這三個字時，都會慌亂到難以言語，不會對我問東問西的。」

「我說對了。」皇甫洛雲得到了他想要聽到的答案。

「是的，我得說，你猜對了。」柳逢時淺笑道：「那麼，皇甫小弟，我想問你，你覺得你『現在』是在什麼地方呢？當然，這問題暫且按下吧！時間差不多了，有什麼事等到『晚上』工作時間一到，你親自過來，我再與你解釋。」

交錯的指彈出清脆的響聲。

宛如暗示一般，皇甫洛雲的眼睛在這瞬間「睜開」了——

晚上十二點什麼的都是騙人的呢！皇甫小弟，我們晚點再見面吧！

柳逢時那輕柔卻清晰的嗓音依然在腦裡迴盪著。

時間尚未進入晚上，他的手腕上手錶時間很明顯地顯示，自己在家裡也只躺了十分鐘左右。

但這十分鐘在他的心裡卻很漫長。

這是夢嗎？

聽說，夢境裡的時間比外在的時間還要漫長，或許那間詭異的事務所都只是他的夢。

只是他看到手背的六瓣花印記，又深深地覺得這不是夢，而是真實。

皇甫洛雲的內心超級糾結，他要不要直接殺去那一間事務所，探個究竟？

俗話說的好，心動不如馬上行動，他還是直接去了吧。

剛好父母們還沒有回來，走這一趟也不會被家人發現。

☾ ☾ ☾

皇甫洛雲沒想到，一出門卻讓自己倒楣撞見不該看的一幕。

原本他只是在附近停車而已，要不是自己突然感覺左手傳來莫名的痛意——在那有著六瓣花印記的所在之處，一直傳來灼熱的燒痛感像是在催著他，要他前往一處地方。

等到手不痛了，自己來到了一處大排水溝的橋邊，卻親眼看到一樁凶殺案。

他與凶手兩兩對望，下一秒，對方舉起槍，槍口舉向自己。

「你什麼都沒有看到吧？」黑衣青年冷冷勾唇，吐出莫名的話語。

皇甫洛雲立刻舉起雙手，猛力搖頭，「沒沒沒——沒有，我什麼都沒有看到！」

「保險起見，還是讓你忘了會比較好。」

青年一邊說，腳步一直不斷往皇甫洛雲的方向挪移。

皇甫洛雲見狀，想要直接轉身逃跑，但腳就是不爭氣地釘在原地，於是他緊張大喊：「不要殺我！我真的什麼都沒有看到，連你的臉都沒有看到！」

人一慌亂就是會亂說話，尤其是生死關頭，那張嘴巴更是不受控制，皇甫洛雲心亂如麻，只求對方不會槍殺自己。

「……放心，我會賞你一個痛快的。」青年挑眉，對眼前有點白痴白痴兼神經質的少年，吐出像是要安慰的保證。

只是他正要扣下扳機，目光卻不小心瞥見皇甫洛雲的左手位置。

由於皇甫洛雲目前內心驚濤駭浪，孰不知自己的左手手背，有著花印記的部位泛起了淡淡的光芒。

青年所注意的正是皇甫洛雲的左手，他趁皇甫洛雲不注意一個箭步向前，立刻抓住他的左手手腕！

這一抓，皇甫洛雲愣住了，他可以看得出青年在看他的左手花印記。

「請、請不要殺我……」饒是如此，皇甫洛雲還是對青年求饒。

皇甫洛雲心想他完蛋了，該不會今天真的是他的忌日？可是對方好像有看到左手的印記？搞不好他可以故意詢問，如果對方真的看不到，反而會認為他是瘋子而放過他？

正當皇甫洛雲想要改口詢問時，青年說話了——那是冷到讓他發寒的嗓音。

「……小子，你是哪個分部的人？」

此話一出，皇甫洛雲從驚嚇中回過神了！

「你、你看得到？」皇甫洛雲愣愣問道，這印記就連他父母都看不到呀！

「廢話！」

青年冷冷哼聲，他抓住皇甫洛雲的手是右手，左手是空著的。青年抬起自己的左手，亮出手背，在那裡，也有同樣的六瓣花印記。

「你是哪一間分部的人？」青年又問。

「好、好像是叫什麼柳分部的地方。」

皇甫洛雲有點不確定，只能這樣回答青年。

但他沒想到，這一答卻換來青年忿忿地甩掉自己的手，淡然的眸光一轉，立即轉換成狠戾目光，死死地瞅著自己。

「什麼時候進入的？」

不知怎地，皇甫洛雲被眼前之人的氣勢嚇得直接回答青年，「……昨天。」

青年嘖聲，眸中的不悅又添加了數分。

「柳那個殺千刀的混蛋！」

然後，青年將手探入口袋，拿出一張被捏皺的黃紙，然後後再抓住皇甫洛雲的手，忍著怒氣，咬牙道：「轉移！事務所。」

一道強光猛地炸開，強烈的白光讓他下意識地閉上雙眼，不讓自己的眼睛被光螫傷。

待皇甫洛雲重新睜開眼睛，看見周圍是如此熟悉的環境，內心十分震驚。

所以那名持槍殺人的黑衣青年果然與這間冥使事務所有關？

「柳，理由。」

青年一踏進冥使事務所，二話不說，立即拉著皇甫洛雲的手，將他整個人拖向前。

「唷，分部長，這麼快就見面了。」

皇甫洛雲有點尷尬，嘴角抽了抽，抬起沒被人抓著的手，和柳逢時打招呼。

「在哪遇到的？」柳逢時假裝自己什麼都沒有看到，故作輕鬆地問。

「工作途中。」

冷逸的嗓音從青年的唇中流出，當他吐出這四個字時，還不忘用空著的手摸索口袋，拿出一顆漆黑無比，如指節般大的圓球。

青年抬手一丟，圓球落到辦公桌上，自動滾到柳逢時的前方，柳逢時抬手拍下圓球，食指與拇指捏住黑球，拿起來觀看。

「生魂之怨，這怨很深。」

「只差一步，怨氣就會完全入魂，呼朋引伴去了。」

「人呢？」柳逢時又問。

「倒在地板上，我沒有將人撿去醫院的好習慣。」

「看這怨這麼深，總有一天還是會溢滿出來。」柳逢時頭疼嘆氣道。

「那就等人死了，再去收吧。」

青年哼聲，回得十分冷淡。

饒是如此，皇甫洛雲還是聽不懂這兩人在說那一國的黑話。

看著皇甫洛雲頻頻打暗示，希望自己可以獲得解答，柳逢時笑著說道：「捉魂收怨，這是我們的工作。」

「柳沒跟你說，我們專捉在陽世遊蕩的孤魂野鬼？」青年又哼了一聲。

「是有說過。」皇甫洛雲苦笑說道。

他知道要收孤魂，但沒聽過要收「怨」這個東西。

「在陽世遊蕩的孤魂，豈會簡單到哪裡去，他們能夠在陽世行走，必定有自己的理由。那麼，讓魂留下來的緣由就是『怨』。抓魂收怨——我們的工作就是除那魂的怨，讓他得以毫無掛念地進入地府，接受十殿的審判，走那奈何橋，喝那孟婆湯。」

聽著青年的解釋，皇甫洛雲還覺得挺玄的。

只是這些套路聽起來像是在說死人，但他看到的那名女子卻不是死的，而是活生生的一個人。

「活人也能生怨，皇甫小弟。」柳逢時解釋說道：「你要知道，死人比活人單純，畢竟他們已經死了，唯一能夠讓他逗留的就是那微小的原因。但活人不一樣，他們有思緒，他們也會想，一旦生怨，活人身上的怨很難除去，就算拿走了，造成怨氣的原因或是心結一天沒解開，怨氣還是會自動增長，不會有停止的一天。」

皇甫洛雲細細咀嚼著柳逢時這席話，久久無法回應。

這是他日後要處理的工作。

皇甫洛雲自知自己是百分百的大外行，他完全不知道這些人要怎麼帶著他處理這些「捉魂收怨」的工作。

直到現在，皇甫洛雲依然誠摯地希望自己無法勝任這個工作。

這樣一來，他就可以拿回自己的魂，不需要受制於這間陰曹地府的陽間機關。

「皇甫小弟。」

「是！」

柳逢時的喊聲，讓皇甫洛雲霎時回神，立正看向事務所分部長。

「雖然有點慢，你們雙方還是自我介紹一下吧。」

「嗄？」皇甫洛雲後知後覺地指向青年，錯愕說道：「他、他也是？」

驚愕也僅是剎那，皇甫洛雲隨即想到青年也有花印記，也應該與自己一樣，都是事務所的員工，立刻收起驚訝神情。

「是的，他『也』是。」柳逢時噙著一抹笑，輕輕點頭，對青年說道：「介紹一下自己吧，鳴。」

「連殷鳴。」

青年不滿嘖聲，張起唇，不甘願地吐出自己的名字。

「是的，這就是鳴的名字。」柳逢時露出一抹得意的笑，對皇甫洛雲說：「鳴是冥使事務所的第一線工作人員唷！」

後來，皇甫洛雲才知道「第一線工作人員」的意義。

若是說祕書甄宓是柳逢時的右手，那麼，身為事務所最強高手的連殷鳴就是左手。

皇甫洛雲心底有許多的疑問，但每次一瞧見柳逢時卻都忘得精光。

該說時運不濟，還是自己很不會挑時間，每次他想要問問題，都會被人打岔，又或者是因為自己的契約在柳逢時手中，自己的想法會不自覺地被柳逢時牽引，無法當面問問題。

皇甫洛雲等到連殷鳴不耐煩地吐出自己的名字，終於找到了問話機會。

「我……」

只是皇甫洛雲還來不及回話，卻被突然闖入的甄宓打斷。

「柳！我有重要事情跟你報告！」甄宓說完，目光轉移到皇甫洛雲和連殷鳴的身上，「……你們可以迴避一下嗎？」

趕人的唇音一出，皇甫洛雲還來不及說些什麼，連殷鳴揪住皇甫洛雲的後領，準備將他拖出去。

「等等等等——等一下！」

皇甫洛雲驚悚了，連殷鳴這動作是什麼意思！是要把他拖走嗎？

「是要等等呢！」柳逢時誤會了皇甫洛雲話中意思，以為他吐出的話語尚未說完，笑著說道：「鳴，你先帶皇甫小弟到接待室休息吧！」

「分部長！」

皇甫洛雲一臉哀戚，任著自己被連殷鳴拖走，含淚地看著逐漸遠離的分部長。

「唉……」

皇甫洛雲萬分無奈地坐在接待室，看著倚在門旁牆壁，雙目緊閉，臉上寫著不爽二字之人。

面對擺出一張臭臉之人，皇甫洛雲也不想給連殷鳴好臉色看。

「幹嘛，菜鳥。」

冷冷地，連殷鳴吐出的話語完全不是皇甫洛雲想聽的人話。

「……我不是菜鳥。」

比起菜鳥，皇甫洛雲還比較喜歡新人這稱呼，菜鳥聽起來鄙視的意思有些濃厚，他聽得很不舒服。

「菜鳥就是菜鳥，你本來就是什麼都不會的菜鳥，還想要學我們當老手？你在我們這些老手面前，就是菜鳥。面對我們這些老鳥，你不需要反駁、反抗，你只能接受。」

皇甫洛雲不是不經嚇的人，他裝模作樣地環起雙手，哼聲說道：「挺意外這地方居然還會歧視新人呢。還是說，你怕我在這裡工作久了，我的成績會比你好？」

連殷鳴半瞇著眼，淡淡的眸子透出一絲瞧不起的眸光，他挺起腰桿，不再倚著牆壁，緩步走到皇甫洛雲的身前。

皇甫洛雲緊張地嚥下唾沫，該死的，連殷鳴居然比他高半顆頭呀！

面對連殷鳴順理成章的睨視眼神，皇甫洛雲瞬間痛恨他們之間的身高差。

看著瞬間露出慌亂神態的皇甫洛雲，連殷鳴嗤了一聲，說時遲那時快地，他迅速從大衣的左口袋拿出黑色的槍，槍口抵在皇甫洛雲的腦門，冷冷說道：

「菜鳥，要不要試試看？」

「什……麼？」

皇甫洛雲愣在原地，不知道自己的身體該不該動。
槍呀！
活了十八個年頭，第一次被人拿槍抵腦門。
連殷鳴雙目透出森冷的寒意，像是在宣告他隨時都可以開槍斃掉他，皇甫洛雲自知這不是開玩笑的，舉起雙手，做出投降姿態。
「你、你冷靜一點呀！」
他一個血肉之軀，可比不上冷冰冰的槍械。
只要連殷鳴想要殺他，扳機扣上，開一槍，他就掛了。
連殷鳴聞言，唇勾起，露出一抹殘酷的笑，但他也沒有對著皇甫洛雲開槍，持槍的手換了動作，槍口朝上，扣下扳機——
沒有槍響，天花板也沒有被開出一個洞，只因為連殷鳴的槍根本就沒有裝子彈。
「……空的？」
手緩緩地放下，皇甫洛雲的眸中透出納悶的色彩。
連殷鳴沒有回答皇甫洛雲，只是將槍放回口袋之中。
「唷，我還以為可以看到更多好戲呢！」
女子的嗓音突兀地傳入待在接待室人們的耳中，皇甫洛雲朝聲音望去，有著及肩捲髮的甄宓悠哉地站在窗邊，雙目透出一絲絲的笑意。
「……門口嗎？」
不自覺地，皇甫洛雲自動朝門口看去，那名女子——也就是甄宓，應該是趁連殷鳴往他這裡走來時，偷偷進入的才是。

「我是從窗戶進入的。」

「這窗，怎麼爬？」

瞬間，皇甫洛雲無言以對，這間接待室在二樓，看甄宓的衣服連層灰都沒沾上，一點也不像是爬窗進入的人。

這一定有什麼機關可以讓她這樣子出現在他們的面前！

「走陰間路呀。」甄宓無奈地賞了皇甫洛雲一記眼刀，哼聲說道：「柳都跟你說這麼多了，為什麼你還是這個樣子，死都聽不懂。」

皇甫洛雲聞言，對甄宓翻了翻白眼。

遇到這種該死的狀況，懂也要裝不懂，這才是明哲保身之道。

「甄宓，討厭就趕他走，何必叫他進入這裡。」

「沒辦法，這是柳的意思，我已經跟他說千遍萬遍了，柳依然不改自己這項決定。還有，我討厭教新人，偏偏柳他就像是要跟我作對一樣，指定我教那小鬼新人工作基本功。」

說到這裡，甄宓心中只有無法宣洩的滿腹鬱悶。

「難得我們想的一樣。」連殷鳴認真點頭。

「但這回，柳是鐵下心來要收他。」

甄宓百般無奈，柳逢時貴為分部長，她這名副分部長無法阻擋柳逢時的決定。

「原因？」

甄宓的特別強調讓連殷鳴起了興致。

「柳沒跟我說，不知道啦！」甄宓煩躁地揮了揮手，不滿道：「柳要我來接待室找你跟新人，要我們先告訴新人一些基本知識，確定新人沒問題後，你們再一起去找他。」

連殷鳴聞言，狠瞪甄宓，「我跟菜鳥？」

「對，你跟新人！」連殷鳴不爽，甄宓也不開心，她一手叉腰，一手指向連殷鳴，「誰叫事務所裡沒事做的人只剩下你，柳就要你這第一線人員帶昨天剛報到的超級大新人！」

寂靜瞬間席捲了整間接待室。

過了些許時間，喃喃地，連殷鳴的唇中吐出詫異的嗓音。

「……柳到底在想些什麼？」

「我也不懂。」甄宓來到皇甫洛雲身前，不甘願地對他說道：「手打開。」

應和著嗓音，皇甫洛雲乖乖地攤開掌心，面向甄宓。

甄宓挑眉，將一顆透明的圓球放在皇甫洛雲的手上。

「這是？」

這顆圓球跟連殷鳴拿給柳逢時的那顆黑球有些相似，但這是透明的。

「這是『戒珠』。」

皇甫洛雲狐疑地看著手中的珠子，輕吐出它的名字，「戒珠？」

「是的，這東西的名稱叫做戒珠，它的用途是用來捕捉魂體。」甄宓抬起手，晃晃食指又道，「當然，這是在陰曹的用法。在陽世，我們將它用來捕捉魂身上的『怨』。」

「這東西怎麼抓？」

對於手中之物的用途，皇甫洛雲深深懷疑這樣的小珠子有什麼奇特用處，好奇地瞅著手中透明的戒珠。

「這樣用。」

連殷鳴趁其不備，一手搶下皇甫洛雲手中的戒珠，再從大衣口袋拿出一把黑色的槍，他將彈匣卸下，將戒珠放入彈匣之內。

皇甫洛雲傻眼地看著連殷鳴那流暢的動作，理論上來說，彈匣應該是裝子彈，而不是戒珠吧？

況且依照槍械原理，裝了不合彈匣規格的珠子，子彈鐵定無法發出。不是珠子卡在彈匣裡，就是打空氣。

「甄宓，我要怎麼示範？」

「柳說了，示範的話，就不用理會那些麻煩規矩。」

「知道了。」槍口直指皇甫洛雲，連殷鳴冷冷地說，「菜鳥，看清楚。」

扣下扳機，槍身因為後座力而向上微抬，但皇甫洛雲連個槍聲都沒有聽見，只感覺到連殷鳴開槍的動作一做出，他感覺自己的胸口好像被什麼東西擊中。

「喀咚——」

接著某個物品掉落在地，發出長長的滾動聲。

皇甫洛雲轉過身，看著在自己背後的地面上，任意滾動的透明圓球。

那是他剛才拿著，被連殷鳴裝入槍裡的戒珠。

連殷鳴偏頭看著地上那沒有任何色彩，依然是原先那顆透明無色的戒珠，有點詫異地挑起眉頭。

但下一秒，戒珠卻當場粉碎消失。

面對這突然發生的事態，連殷鳴沒有表現出任何情緒，故作無事地把口袋充當槍套，將裝飾槍收入口袋。

「不見了。」連殷鳴瞟向甄宓，淡淡地說。

「……我有看到。」甄宓一臉複雜地看著戒珠消失的地方，回過頭打量著皇甫洛雲。

「呃……可以告訴我發生什麼事嗎？」

皇甫洛雲看得一愣一愣的，這兩人在打什麼啞謎，不能看在他是什麼新人菜鳥的分上，跟他好好地解釋一下嗎？

「沒有，只是想要試試看你而已。」甄宓抬起手，手掌一翻拿出透明的戒珠道。

剛剛的戒珠突然碎掉，這種情況第一次發生，難道剛剛那顆是瑕疵品嗎？保險起見，晚點這顆新的戒珠等一下她最好還是去試試看它的品質。

皇甫洛雲一點也不想要跟甄宓鬼扯，不耐煩地說：「你們要說就快點說，不要一直跟我拐彎子扯那些有的沒的！」

「你應該看到我開槍打那女人。」連殷鳴說。

「對。」皇甫洛雲點頭回應。

「甄宓說了，戒珠在陽世的功用是『收怨』，如果沒有器具收納戒珠，又要怎麼收取陽間的人或魂之怨？」

聽著連殷鳴的解釋，皇甫洛雲頻頻點頭，他挺意外這個從頭到尾都沒有給他好臉色之人，居然還會與他解釋這些事。

「別會錯意，我只是在幫我自己。」連殷鳴注意到皇甫洛雲的目光，淡淡說道：「為了防止事後不必要的麻煩，該明白的必須要了解。」

連殷鳴言下之意，是不希望皇甫洛雲等到正式上工，拖人後腿又找理由搪塞。

「是是，我知道了。」皇甫洛雲拍頭嘆氣，手指著甄宓手中的戒珠問道：「對了，剛才我感覺身體好像有被東西打中，接下來戒珠就在我的身後滾動，借問一下，戒珠是有穿透過我的身體，還是那只是我的錯覺？」

雖然形容詞有些詭異，但皇甫洛雲還是用這種說詞問了。

「對，那就是戒珠入體，收取怨氣的經過。當然，戒珠可以重複使用，裝到滿就必須要回收。」

對此，連殷鳴又繼續他的菜鳥教育。

「怎樣才算是滿？」

「全然的黑，看不到任何一絲光芒，那就要回收了。」

「回收之後呢？」

「回收後，就要交給地府，下界會處理。」然後，連殷鳴又說：「菜鳥，再告訴你一點，這裡的工作可不輕鬆，我們也是有所謂的業績壓力。」

「咦！」

連殷鳴突來的話語嚇到皇甫洛雲。他有聽過柳逢時提到「業績制度」，但他沒想到柳逢時口中的「業績」就是這個。

但轉念一想，如果這是冥使事務所的工作，那「業績」的確就是這個了。

畢竟事務所是要捉魂收怨，的的確確是他們的工作項目與主旨。
「一個人每個月最少也要收到六顆溢滿的戒珠。」
「如果沒有呢？」皇甫洛雲驚愕問著。
六個收到滿的戒珠？這數量會不會太多了一點。
畢竟皇甫洛雲可沒有漏聽連殷鳴在與他解釋時，有提到「重複使用」這四個字。
「沒什麼，只是沒假期，扣獎金而已。」
聽起來像是一般服務業的標準，皇甫洛雲聽完連殷鳴所言，並無覺得不妥。
「但是呀。」連殷鳴又開口，讓皇甫洛雲下意識地緊張起來，「菜鳥，你要知道，與事務所簽約，魂就寄在柳的身上，如果你想要早點從這個地方畢業，還是要努力工作，將你的靈魂贖回來。」
又是一樣的話。
不論柳逢時，還是連殷鳴，他們說出一樣的話。
——「工作贖魂」，這是這一間冥使事務所的潛規則。
「你們的魂都簽給分部長了？」訥訥地，皇甫洛雲艱澀地吐出話語。
「是呀，不只是連員工的魂都是掌握在柳的手上，這棟屋子亦是。屋有屋靈，年代越久的屋子更容易生靈。就因為屋靈的契約掌握在柳的手上，所以他才能夠隨心所欲地掌控這棟屋子，也可以隨手打開陰間路，通往他想要去的房間。這樣解釋你懂嗎？菜鳥！」
「呃……嗯，我懂。那分部長呢？這事務所只是分部吧？該不會有什麼總部，而分部長的魂就在什麼總部的手上。」

員工的靈魂生殺大權在分部長的手上，柳逢時與他第一次見面也說了，這是冥使事務所．柳分部。

「噯，猜錯了呢。」勾起唇，甄宓露出一抹不明的笑，「冥使事務所有很多個分部，但只有分部，不會有總部。還有，新人吶，你問柳的魂在誰的手上？柳一開始不也說了，這是陰曹地府的陽世部門，往這兒推測，不就可以猜出答案？」

「……我明白了。」

陰間的陽世機關，柳逢時的魂在陰間官員的手上。

在某種程度的意義而言，他們反而比柳逢時還要幸運。

「所以，不要以為契約在柳的手上，你的人生是黑白的，如果你真的不想要做這工作，等到你收取的戒珠到一定的程度，你可以跟柳拿回你的契約，贖回你的魂。但柳他不一樣，他不可能拿回他的魂，百分百注定要做到死。」

「原、原來如此。」

皇甫洛雲瞬間對柳逢時的好感增加十個百分點。

他對於自己的靈魂被柳逢時騙走這一件事，突然不介懷了。

「還有什麼是我該注意的？另外，這裡的薪資是怎麼發放？我工作也是需要薪水的。」皇甫洛雲見甄宓和連殷鳴沒有說話，只好自己發問。

除去那些捉魂的工作方式，對皇甫洛雲而言，最為重要的還是薪資問題。

「就一般的算法囉。」甄宓挑眉說道：「我們畢竟不是什麼慈善機構，雖然收怨是必要的，但有一些情況不危急的事我們並不會處理。若是有人找上門，還是要花錢消災。」

「這樣的破爛鬼地方還會有人來？」
皇甫洛雲傻眼了，這地方都可以媲美知名鬼屋了，怎麼可能會有生人前來委託，他看是冒險夜遊鬼屋的人會來還比較可能。
「這是一種暗示。」甄宓瞇起眼，調笑道：「新人，你不也體驗過了？」
那如夢似幻的幻覺，在腦中自動浮現，真實無比的場景。
如果是用這方法，的確沒有地域上的問題。
「唔，基本上該教的好像都是這些。嗚，還有什麼事要特地交代新人？」
「剩下實戰，真要教，到時候再說。」
「喔，那就解散。」甄宓雙手交疊，開心說道：「嗚、新人，你們可以去找柳了。」
連殷鳴輕輕地點頭，推了推皇甫洛雲的背，冷淡說道：「走了，菜鳥。」
「我有名有姓，我叫皇甫洛雲！」皇甫洛雲低調反擊。
「菜鳥就菜鳥，不需要名字。」
「新人就是新人，不需要害羞嘛！」
連殷鳴和甄宓先後說出幾乎一樣的話語，接著，連殷鳴推著皇甫洛雲離開接待室，完全不想和皇甫洛雲爭論稱呼問題。
等到皇甫洛雲和連殷鳴離開接待室，門扉悄然關上。
甄宓半瞇著眼，勾唇露出詭譎的笑。
「柳，這樣說好嗎？」

「這樣就夠了，宓兒。」

內中無人，僅有甄宓的接待室裡，驀地出現第二道身影，甄宓感覺自己的背部有某個重量輕輕壓下，柳逢時與她背靠著背，輕聲回應。

「柳，他只知道『這些』真的夠嗎？」甄宓不滿說道：「為什麼還要我跟嗚一起騙那位新人？」

「總是需要讓人心理平衡一下，不是嗎？」

「雖然這麼說是沒有錯，可是……」

甄宓垂下眼簾，將未盡的話語嚥下。

所謂的靈魂契約，是不合理的。

就算是陰曹地府的陽間機關，還是要照著下面的規矩走。他們不會強迫別人簽約，並照著他們的意思工作。

柳逢時很明白，皇甫洛雲是被騙的，對事務所的向心力不可能會高，而是絕對的低。

所以，柳逢時只能用這拙劣的理由「說服」皇甫洛雲，讓他信服，覺得自己比其他人還要好一丁點，進而提起精神，不再為這樣的問題煩惱，和其他員工一起在這一間事務所奮鬥。

「宓兒，多相信我一點，我會找上皇甫小弟是必然的，他絕對會是我們的最佳幫手。」

「好吧，我從以前到現在都很聽你的，不是嗎？」甄宓嘆氣道：「既然你說他是幫手，不是負責阻礙之人，我就相信你吧。」

「謝謝妳，宓兒。」

柳逢時發出淺笑聲，甄宓背後的重量霎時消失。

她回過頭，後方早已空無一人。

「……柳。」

輕輕地，甄宓發出嘆息聲。

她輔佐柳逢時至今，依然猜不透柳逢時的心思。

——你到底想要做什麼呢？

這句話，甄宓依然不敢對柳逢時提出這樣的質問。

想到這裡，甄宓又嘆氣了。

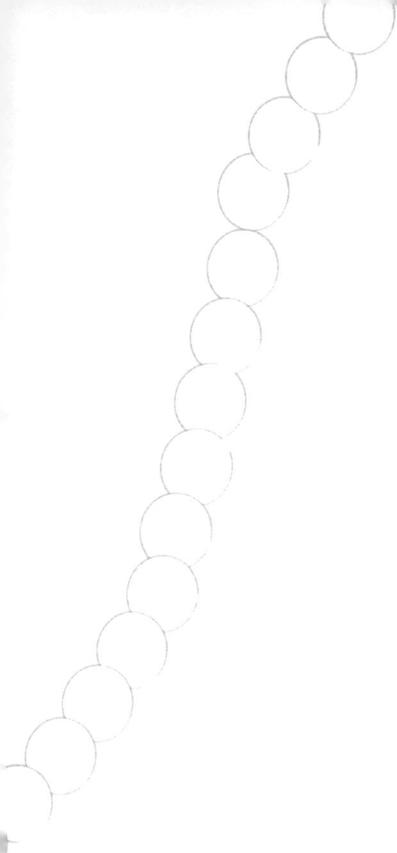

參・六瓣花印記

皇甫洛雲抱著疲憊的身軀回到家裡，他連注意家人是否回來的心思都沒有，宛如行屍走肉一般，晃到房間，讓自己的身體重重地陷入被窩裡。

「想問的還是沒有問呀。」

皇甫洛雲深深地嘆氣。

結果，他回去柳分部的辦公室，最後還是什麼都沒有問。

唯一知道的，就是新來乍到的他有了一份新工作。

——雖然連殷鳴是執行任務的頭，他是從旁輔佐之人。

另外，有關於戒珠的業績，柳逢時也告訴皇甫洛雲，由於他才剛加入什麼都不懂，所以前兩個月的業績是一顆，進入第三個月，就會回到基準六顆的規範。

當然，柳逢時也幫身為員工的皇甫洛雲準備好了他即將要使用的戒珠。

皇甫洛雲抬起左手，看著掛在手上宛如手鍊一般的戒珠。

串起的戒珠看起來就像一般的佛珠，柳逢時千叮嚀萬交代地，囑咐著皇甫洛雲，戒珠要隨身攜帶，不可以任意丟棄，若是遺失，輕者業績加倍，嚴重的話，可能要讓他繼續一場地獄遊體驗。

面對柳逢時的「威嚇」，皇甫洛雲完全不敢大意。

工作方式的確明白了，但他還是不懂連殷鳴的那席話。

——戒珠需要器具收納，才可以發揮功效。

連殷鳴的器具是槍，但他加入至今，卻沒有人帶他去挑什麼戒珠器具。

這樣他要怎麼與連殷鳴一起工作，進而輔佐他呢？

皇甫洛雲不懂，當然他也忘記問了，事後回想，他也不認為這問題有要請他們立即解答的急迫性。

他的心底有個聲音，一直告訴著他。

——不用心急，時間一到，他該知道的，他都會明白。

工作呀！

皇甫洛雲在替陰曹地府的陽間機關工作。如果告訴父母，他們該不會笑著說他的腦袋裝到了水泥，突然說起這些怪力亂神的東西呢？

他想要找人談談，想與人訴說這一切。

畢竟這些事他至今都完全無法相信，把這些心中的垃圾倒出去，別人也應該當作是在聽故事，絕對不會當真。

想到這裡，皇甫洛雲猛地跳起，對於這靈光一閃的想法，非常的滿意。

好吧！他出去找人說說，他記得他那一位高中死黨很懂這些東西，就算聽故事，他也會不自覺地插嘴說出自己的專業見解。

所以，皇甫洛雲提起精神，離開家，發動摩托車，去找那位死黨。

反正剛好還有其他事情要找他詢問。

劉昶瑾，他是與皇甫洛雲同窗三年的高中同學，人如其名，只要他在，鐵定會在別人的心中留下「場景」。

據說，劉昶瑾家裡的人是有入道士公會的，對於有著道士世家背景的人，知情的人都知道，只要有他，絕對不會遇上什麼靈異事件。
皇甫洛雲把他這高中同學約到快炒店，先叫了幾盤菜，等著人過來。
等到老闆上好菜，劉昶瑾像是算好的一樣，慢悠悠地進入店裡，來到皇甫洛雲那裡坐下。
皇甫洛雲看著畢業後不曾見面，一見卻發現好友的頭髮又長到不可思議的地步，讓他震驚不已。
「我們才半個月沒見面，你的頭髮又長到過肩了？」
這是劉昶瑾這個人的七大不可思議，就算把頭髮擼成三分頭，不出一週，必定會出現奇特的過肩長髮景象。
這項「奇景」可是連學校老師實驗數次，自己親自下海擼劉昶瑾的頭髮，親眼確定他不是戴假髮，最後老師們都乾脆地摸著鼻子，假裝自己是瞎子，什麼都沒有看見。
劉昶瑾聳聳肩，拿起筷子挾菜吃飯，滿意說道：「太好了，雖然被家人野放，但還是有算到有人會請我吃頓飯。」
皇甫洛雲稍稍無言，嘆氣擺手，「不夠你再叫吧。」
「不用多不用多，只要夠讓我打包外帶就好了。」
瞬間，皇甫洛雲的肩膀朝旁斜了一下，這傢伙的意思是他還要包辦他的其他餐錢？
饒是如此，皇甫洛雲還是假裝鎮定，隨便劉昶瑾吃。
雖然約劉昶瑾出來的目的是要問事情，只是快炒店的電視剛好放送新聞，而正在播放的新聞好死不死地吸引住皇甫洛雲的目光。
那是一樁命案，而且還是一起家庭悲劇，一家四口死了三個，這報導已經重複播放一個多禮拜，因為命案發生到現在，這一家的長子至今下落不明，警方不知道他是凶手，還是受害者。

再加上命案現場疑點重重，無法讓人摸出任何一絲線索蹤跡。

「……真的上新聞了。」皇甫洛雲發出淡淡的喟嘆聲。「明明好好的，為什麼一畢業就發生這種事？」

「你找我只是想要說這個？」劉袓瑾將嘴裡的食物嚥下，淡淡回應。

「阿袓你很冷漠耶！」皇甫洛雲抱怨道，「好歹他以前跟你也算要好？」

「皇甫，這件事警察都束手無策，只能被動尋人，你就別瞎攪和混進去。」

「我只是想要知道他的下落。」

皇甫洛雲落寞地垂下眼簾，朋友失蹤的消息上新聞沒多久，爺爺過世，再加上現在又多了一份光怪陸離的奇特工作，這讓皇甫洛雲頭痛異常。

有誰可以告訴他，為什麼一準備要上大學他就變得這麼忙？

「平常遲鈍得要死，怎麼這回突然這麼積極？」劉袓瑾瞇起眼，打量著皇甫洛雲道，「還是說，你有什麼其他的事要問我？」

「最近我家裡發生很多事。」皇甫洛雲發出長長的嘆息聲，要跟朋友說家裡狀況真的很怪呀！

「看得出來。」劉袓瑾認真說道，「家裡死了人？」

「阿袓，這個你看得出來？」皇甫洛雲瞬間將悲劇心情收起，震驚道。

「私人祕技，不外傳。」

劉衵瑾哼了一聲，皇甫洛雲立刻投出不平的眼神。

「小氣鬼！還我餐費！」

「免談，想問事就要付諮詢費。」

然後，劉衵瑾抬起手，朝桌上的食物比去。

劉衵瑾有個怪癖，如果有人真的遇見了怪事，需要找他解決時，他不會收人半毛錢，相應的，只是會要對方幫他做件事。

「做事」的定義很廣泛，舉凡餐錢、寫作業，等等雜七雜八的事項很多，光列條目都不夠。

「算了，說正事吧！」話雖是這麼說，皇甫洛雲還是想要掙扎一下，「阿衵，你真的不認為我只會問你命案的事？」

畢竟這件事鬧得頗大，很多人都在討論，面對這時候他約劉衵瑾出來，一般人應該也以為他是想要問問命案的事。

「命案請洽詢警察，洽我做啥？真當我神算半仙什麼都知道？」劉衵瑾冷冷地說，「皇甫，有話直說，能幫就幫，若是不能幫，我也只能指引你另外的明路。」

「其實也沒什麼，我只是突然想起一個朋友說的故事，想要跟你確認一下真實度。」皇甫洛雲死都不承認是自己的問題，便用這方式說給劉衵瑾聽。

於是，他將這三天的事情全數一五一十地說出，只是沒想到，最後一字落下，劉衵瑾卻放下手邊筷子，正色地看著他自己。

「呃，這故事有問題？」

訥訥地，皇甫洛雲緊張問道。

「……不，這是很好的故事。」劉昶瑾閉上眼，搖頭說道。

「你覺得是虛構的？」

「我有說是虛構嗎？」劉昶瑾抬眼看著皇甫洛雲，低聲說道：「這是在你身上發生的事吧？」

瞬間，皇甫洛雲愣住。這故事有這麼明顯嗎？

劉昶瑾嘆氣，拿起筷子，朝皇甫洛雲的左手比去。

「六瓣花印記。」

這一回，皇甫洛雲不是用愣住驚訝就足以顯示自己此時此刻的狀態。

天呀！他這死黨居然看得到手背上的六瓣花印記！

「人多嘴雜，我們去別的地方談。」劉昶瑾輕輕嘆氣，起身擺手道：「你跟我去我家吧。」

皇甫洛雲點頭，正想說去之前先讓他吃個飯，但他瞧見桌上不知何時吃得精光的餐盤，他也只能含淚結帳，抱著根本就沒吃飽的肚子，一起前往劉昶瑾的家。

還好，劉昶瑾挺有良心的，去他家途中，劉昶瑾還讓皇甫洛雲買麵包果腹。

只是他到劉昶瑾的家門前，腳步霎時停住。

劉昶瑾看著突然停下腳步的朋友，詢問道：「怎麼了。」

「……沒有，我只是瞬間有貧富差距的悲劇感。」

「這是家族企業，自然是有房有地又有錢。」

劉昶瑾回得清淡，但皇甫洛雲很想吶喊：混蛋這是豪宅豪宅豪宅呀！他家頂多只是個「豪窄」，連豪宅都稱不上！

「算你狠。」

皇甫洛雲連吐槽的力氣都沒有，隨意擺手，深怕再說下去，只會後悔高中三年沒有動過要去同學家的想法，早日看清社會的現實。

「別鬱悶了，快點進來。」

劉昶瑾抓住皇甫洛雲的衣領，不給他繼續站在門口「瞻仰」自己家的時間。

「混蛋！讓我多看幾眼又不會死！」

「這地方又不是觀光勝地，想看隨時都可以看，也不差這一點時間。」

半拖半推，劉昶瑾將皇甫洛雲推入自己的家裡面。

「六瓣花印記，那是人間之人與下界也就是地府有契約之人的印記。」

「你還真清楚。」

皇甫洛雲讚嘆著高中同學的腦袋知識。

面對皇甫洛雲那讚賞突襲，劉昶瑾頓了頓聲，說道：「這不是清不清楚的問題，就算你問其他行家，他們應該一樣會回答你『不知道』這三個字。」

「那你怎麼知道。」

「因為我爺爺剛好認識擁有六瓣花印記之人。」

「……」

皇甫洛雲頓時無言以對，這年頭爺爺都比孫子還要威嗎？

他會遇上柳逢時他們這些怪人，還是碰了爺爺的古董——雖然柳逢時要他不要把一切罪過推在爺爺的古董上頭。

「我爺爺很喜歡把自己的見聞當成床邊故事說給我聽。聽久了，習慣了，再聽聽別人說的，意外竟然可以分出故事的真假。起初還不確定，看到你的左手印記就明白了。」

皇甫洛雲恍然大悟，原來他就是這樣露餡的。

雖然他很想問問他這位同學為什麼看得到他的左手花印記，但怕問題一問，劉昶瑾就不想要幫他解惑，皇甫洛雲也只能壓下疑問，不讓自己將話語衝口說出，嚇到對方。

「皇甫，如同天有地上的代言人，地下亦是。具有六瓣花印記之人，都是下面派上來到陽間的陰間代理人。」

「你說這個？」皇甫洛雲抬起左手，將手背的六瓣花印記亮給劉昶瑾看。

「對，左手的印記就是陰間代理人的證明。」

「那你爺爺有沒有說，成為代理人會是怎樣？」

「唉，皇甫，你這案例我爺爺沒跟我說過。」輕輕地，劉昶瑾嘆氣道：「會成為陰間的陽世代理之人，絕大部分都是家族代代與下界有所關聯之人。」

「所以你的意思是？」

「嗯，或許，你的爺爺與下界有關係，就算不是直接，也或許會是間接關係。」

劉昶瑾這結論，讓皇甫洛雲又不知道該如何回答，臉上蒙上一抹憂愁。

「不過你也不用擔心。」看著皇甫洛雲那瞬間青掉的臉色，劉昶瑾安慰道：「聽爺爺說，下界對持有印記之人非常禮遇，只要你好好工作，下界絕對不會虧待你。」

「可是……」

皇甫洛雲又嘆氣了，他的心底對這工作完全沒有底，一點也不踏實。

「就當作一般工作吧。反正他們還會正常給薪資，如果你工作方面的狀況非常優秀，或許他們還會給你額外的獎勵。」

「我不要獎勵，我只要快一點解決這個契約。」

看著皇甫洛雲唉聲嘆氣，可憐兮兮的模樣，劉袓瑾忍不住噗哧笑道：「皇甫，我們來打賭。」

「打什麼賭？」

「相信你現在是與我抱怨工作，但過一段時間，我再問你，你一定會是用樂在其中的態度回答我。」

「我不信。」皇甫洛雲斬釘截鐵道。

「那麼，就讓我們拭目以待。」劉袓瑾又問：「對了，皇甫，我有一件事想要問你。」

「嗯？你說。」

「你對我訴說的過程應該沒有摻水分？」

「沒有，我想說沒有人會信，就當作一般故事講給你聽啦。」

語落，劉袓瑾手抵著下巴，露出沉思表情。

「喂，阿袓你別嚇我！那個事務所真的有問題？你知道那一間事務所的事情嗎？」皇甫洛雲說到後面，聲音揚高了八度。

「不是我知道，是我爺爺。」劉袓瑾糾正皇甫洛雲，問道：「我突然忘記問你，你是去哪一間分部？」

劉袒瑾一說完，皇甫洛雲立刻賞了劉袒瑾一記大拇指。

果然是內行的！

他的故事裡只有提到「事務所」，根本就沒有提到分部，劉袒瑾居然還可以問他是哪一間分部的人。

「柳分部。」

瞬間，劉袒瑾安靜了。

「……阿袒，那地方真的有問題？」皇甫洛雲又緊張了。

「不是有問題，是那一間的爭議有點大。」

「你知道？」

「是我爺爺知道。」劉袒瑾再一次強調道。

「噢，拍謝，因為你說的感覺很像是你知道的。」說到這裡，皇甫洛雲又問：「柳分部到底成立多少年了？」

劉袒瑾的爺爺「知道」——

那麼，他的爺爺知曉柳分部之事，最少也應該知道個一、二十年吧！

這樣一來，柳逢時到底活了多久？

「是我說的方式有誤，事務所的分部名稱會跟著分部長的姓氏變動，但也有一些分部是家族經營，和下界簽長久契約，和下界有著久遠的合作關係。柳分部是否是家族型，爺爺也沒有明說。但是皇甫呀，你若是真的進那一家的話，我也只能祝福你了。」

「這間很差是吧。」皇甫洛雲快哭了，這個柳分部是惡名遠播的類型嗎？他又想要惡意自己辭退了，「我想問問，你爺爺有沒有告訴你，有沒有人進入事務所後，被辭退的案例？」

「很抱歉，爺爺並沒有說過這種案例。」劉衵瑾可惜地搖頭，「如同我剛才說的，會和下界簽契約之人，都是與下界有所關聯，所以你這狀況答案是無解。」

劉衵瑾雙手一攤，表示自己無能為力。

這讓皇甫洛雲的眼神又死上了好幾分。

「我是大外行，他們真要找人，也應該要找你，而不是我。」皇甫洛雲長嘆口氣道。

甄宓的反對皇甫洛雲依然記在心上，雖然事已定局，他已經沒辦法拒絕。

另外就是，不是他不想學，想盡辦法也要逼柳逢時辭退他，而是他不知道自己從何學起。

面對從零也不知道零到哪裡去的工作場所，他也只能走一步，算一步。

隨即，皇甫洛雲又想到朋友的事。

「阿衵，他的……」

話才剛出口立刻被劉衵瑾截斷，「皇甫有問題可以找我，我能幫你就會幫你，至於他的事，我無能為力。」

「我知道。」皇甫洛雲苦笑，他當然知道劉衵瑾的為難之處，但對於諮詢這件事，他還是提醒劉衵瑾，「阿衵，諮詢這件事可是你說的，之後你別反悔不幫我。」

立刻，皇甫洛雲用力拍著劉衵瑾的肩膀，認真說道。

見到自己變成了別人眼中的救命稻草，劉衵瑾突然覺得他是不是自尋死路去了。

但看皇甫洛雲那可憐慘狀，他不幫好像也說不過去。畢竟，他說的也是真的，要皇甫洛雲這個大外行處理陰曹的陽間工作，無疑是找死，更別說最近皇甫洛雲身邊又發生這麼多事，不幫忙真的說不太過去。

「我盡力而為。」接著劉昶瑾又陷入沉思，不過他也沒有讓皇甫洛雲注意到他的神態，扯動嘴角，露出一抹看不出情緒的笑容，然後又說：「吶，皇甫，既然我都答應你了，真的有疑問一定要找我，知道嗎？」

「好。」

皇甫洛雲不知道眼前好友的心態究竟是如何，他只知道自己逮到了稻草，兀自開心著，但他卻不知道劉昶瑾在他沒注意到時，微動著眼睫，半遮著雙眸，眸中透出詭譎不明的意味。

——那眼神就與柳逢時一樣。

那是帶有目的的眼神。

俗話說的好，逃得了一時，逃不了一世。

經過那一場詭異夢境的經驗，時間尚未來到規定的晚上十一點，皇甫洛雲便先騎摩托車到柳分部，防止自己突然被逮到事務所內，出現人當場消失的詭異奇景。

和劉昶瑾談了一些時間，皇甫洛雲的心底也稍微踏實了一點。

這可能發現有救命稻草的關係吧！

既然有好友當後盾，出了什麼問題或是不懂的再諮詢那位友人。

雖是如此，皇甫洛雲對於正式上工一事還是有些緊張。

只是他才剛踏上一階樓梯，就看到連殷鳴從二樓走下來。

「走了，菜鳥。」
「等一下，現在還沒十一、十二點！」
皇甫洛雲差點咬到舌頭，險險說錯話。
「正式工作的時間是十二點，十一點要做事前準備。」連殷鳴投了一記眼刀給皇甫洛雲，淡然說道：「時間上來說，我們現在出發也沒錯，菜鳥。」
「可是這跟分……」
又是一記眼刀，那銳利的眸光讓皇甫洛雲立刻將未說完的話語吞回喉中。
「菜鳥，覺得被騙是你家的事，這些都與我無關。不要忘記這次任務是我為主、你為輔，你這個大菜鳥要聽我的。」
「是。」
皇甫洛雲完全無法抵抗連殷鳴的權威，乖乖地跟著他離開冥使事務所。

皇甫洛雲一開始還是不太清楚連殷鳴為什麼要拍他的肩膀。
唯一知道的，便是連殷鳴拍下瞬間，就覺得自己的身體似乎變「輕」了。
當然，伴隨著奇異的感覺，耳朵也像是出現了幻聽，也有聽到某個重物落地的聲音。
對於這突兀聲音，皇甫洛雲很想要回頭查看，但他的頭被連殷鳴扣住，連看的機會都沒有，眨眼間，他與連殷鳴就來到一處陌生的所在地。

「這裡是什麼地方？」

皇甫洛雲詫異地打量附近，他們來到一棟透天厝的前面，而這問句連殷鳴也沒有替他解答，完全都不理會他。

這裡是一處地勢偏高的地方，但也不知道是否是因為時間接近半夜的緣故，周圍房子的燈都是關著的，並未打開。

遠觀還在注視周圍的皇甫洛雲，連殷鳴有了行動，他直接來到一棟屋子的前方，直接省略敲門、按門鈴的動作，直接將門打開。

「等……」

話未說完，皇甫洛雲便傻在原地，他沒想到這棟屋子的大門並未鎖上，門也是虛掩的，輕輕一推，便能夠直接推開。

門完全地敞開，皇甫洛雲也來到連殷鳴的身旁，來到門口的瞬間，皇甫洛雲感覺到一股莫名的冷氣。

彷彿房內的空調開到最冷似的，氣溫冷得讓他完全不敢恭維，只是下意識地反覆用手搓揉著身體。

溫度有多冷？就連他自己張起唇，自己呵出的空氣也可以看到薄薄的霧氣。

「這地方到底是怎麼一回事？」

皇甫洛雲反覆搓著自己的雙手，完全無法想像自己像是來到冬天冰冷天氣的所在之處。

只是讓皇甫洛雲很想要碎念的事，莫過於是連殷鳴一點反應都沒有，侵門踏戶地走入別人的家。

「喂，這裡是別人家！」

情急之下，皇甫洛雲急聲大喊，可他卻忘記現在這半夜時刻，外頭都很安靜，自己這一喊如果有人沒睡，一定會注意到這裡。

正當皇甫洛雲要準備去看看附近屋子的燈有沒有打開，連殷鳴卻揪住想要察探的自己，往房裡拖去。

「等一下！」

皇甫洛雲壓低嗓音，想要提醒連殷鳴，但拉著他的人絲毫不理會他的提醒，直接踏上玄關。

「不會有人發現。」

連殷鳴輕描淡寫地賞了皇甫洛雲一記眼刀，如此清晰地說著。

「最好不會發現！」

「菜鳥，以後你就會知道我為什麼會那樣說。」

「最好你們可以一直打啞謎，說這些我聽不懂的話！」

「菜鳥，你再吵我就開槍打你！」

連殷鳴吐露出威脅的話語，為了不讓皇甫洛雲有認為這只是開玩笑的想法，隨即拿出槍，抵在他的腦門，露出他再說話，這槍就會開下去的凶狠目光。

皇甫洛雲明知道連殷鳴不能殺一般人，但看到真槍在自己的眼前，他只能舉起雙手，做出投降姿態。

見到聒噪新人菜鳥終於安靜了，連殷鳴這才滿意收槍。

「……分部長有說來這裡的原因嗎？」

礙於連殷鳴愛動槍的性格，也深知連殷鳴不想要聽他說廢話，皇甫洛雲也只能乖乖問正事。

「當然，不知道還來做這工作？」

「那就請你這資深員工指點迷津，讓我這小菜鳥了解今天的任務概況吧！」

皇甫洛雲使用低聲下氣的招數對付連殷鳴，連殷鳴這才滿意哼聲開口解釋。

「這屋子是凶宅，沒有人住。」

瞬間，皇甫洛雲的腳頓了一下。

「等一下！我們這次的任務地點是在凶宅？」皇甫洛雲傻眼了。

「喂，你是不是忘記我們的工作職稱是什麼？」

「冥使事務所……好吧，這裡是有發生什麼特殊的事？」

皇甫洛雲長嘆口氣，連殷鳴說得沒錯，他被說服了。

「死者是屋主的兒子，他有毒癮，這癮還不小，非常大。家裡的錢財都被他敗得精光，就連自己父親的房產也想要奪走變賣，就是為了讓自己買更多的毒品。後來有一天他真的做了，他逼著老父親簽名，父親不肯，他拿了刀子，想要逼父親就範。」

「然後呢？」

「兒子死了。」

連殷鳴這聲肯定答案，讓皇甫洛雲傻眼以對。

「正當防衛呀。」連殷鳴淡笑道，「誰規定持刀殺人的人不會死，當時起爭執的地點在樓梯口，老父親心急之下，用力推了兒子一把，他，掉了下去，刀，插在心口上，回天乏術。」

「那之後呢？」

「死了人，這屋子自然也成凶宅，沒有人想要買。」

可這讓皇甫洛雲納悶了，既然沒有買賣，又何來的委託？

「那這委託是怎麼來的？」

「當然是死者父親委託的。因為他的兒子死不瞑目呀！」

「……」

「怎麼，覺得很無言，很奇怪是吧？」連殷鳴冷笑說：「畢竟是自己的孩子，死不瞑目心很痛呀。再加上兒子在家作亂，光是用租的方式租給膽大不信邪之人，最後還把人嚇到住不到兩天，連跟屋主要回房租的心思都沒有，夾帶自己所有物品，逃離這棟屋子。」

「那我們不就是……」

皇甫洛雲緊張地嚥了嚥唾沫，到處張望，盤踞這個所在的阿飄凶成這樣，那像他們這些非請自來的「客人」下場豈不是更慘。

「當然是已經在他的地盤裡了。」幽幽地，連殷鳴吐出讓他畏懼的話語。「雖說見習重要，但我不想要讓你礙事。」

下一秒，皇甫洛雲還沒說些什麼，眼前視線瞬間一黑，意識中斷什麼也看不清。

「阿昶！那傢伙真的太過分了！」

次日，皇甫洛雲約劉昶瑾在豆漿店見面，一點好豆漿油條，皇甫洛雲立刻對劉昶瑾控訴昨日的不平待遇。

「其實他也沒有說錯呢！」劉昶瑾悠悠哉哉地吃著早餐，如此地說。

「哪泥！同學你不安慰我，還打槍我？」

「皇甫，既然都已經和他們坐在同一艘船上，你就只能順著他們，和他們一起划同一艘船，而不是在船上大吵大鬧，被那艘船上的人推下水。昨天沒有告訴你，今天就提醒你一下，船沒靠岸前，你和他們就是生命共同體，是無法分割的存在，船上若是發生狀況，你也沒有進入狀況，那麼，死的人就會是你，而不是那些在狀況之中的人。」

突然，劉昶瑾劈里啪啦地說了一大串的話，皇甫洛雲消化不能。

等到劉昶瑾吃完兩根油條，順手點了一杯鹹豆漿，將豆漿喝光後，皇甫洛雲終於回神了。

「所以，這份工作我必須要認真對待？」

「是的，這不是兒戲，你就用正職工作的態度應對吧！」

「……那你昨天怎麼不早點跟我說。」

皇甫洛雲差點嘔血身亡，如果劉昶瑾昨天先警告他，那他昨天也不會這麼慘烈了。

「唉……」劉昶瑾嘆了口長氣，搖頭說：「是你自己打定主意要跟他們唱反調到底，你也不能怪我沒提醒你呀！」

「對不起，我錯了。」皇甫洛雲立刻道歉。

莫名地，劉昶瑾又嘆了一口長氣，「唉……只是挺意外你平常很精明，但面對關鍵時，卻有一點痴呆屬性。」

「我沒有。」皇甫洛雲認真說道。

「都被騙去賣魂了，當然有。」

「什麼賣魂不賣魂！剛才你又嘆氣是什麼意思呀！」皇甫洛雲差點抓狂。

「沒什麼，只是感慨人生無常而已。」

「……」

皇甫洛雲瞬間無言以對，這同學果然是來打他槍的！

「阿昶，你吃夠了沒？」

雖然皇甫洛雲約劉昶瑾出來是要談論昨天的任務狀況，但他的眼睛也沒有殘，還是有注意到劉昶瑾的胃就像是無底洞，一直點、一直吃，完全沒有停下來的打算。

「……同學，你打算要吃垮我嗎？」皇甫洛雲又說。

「諮詢費。」

劉昶瑾說得正氣凜然，讓皇甫洛雲無言以對。

「算了，叫你出來早就有這個覺悟了。」

想到昨天劉昶瑾打包的晚餐，皇甫洛雲只想要滅殺掉這位同學。

「皇甫，你還沒有說完，你醒來後還有發生什麼事？」

察覺到他們的談論有些偏了，劉昶瑾將話題拉回最初。

「喔喔，其實也沒什麼。我醒來時，才發現我倒在事務所的地板上，還沒有人扶我到接待室休息。我也不知道在地板躺了多久，背呀、身體呀，都好痠好痛。」

皇甫洛雲揉了揉肩膀，在在地顯示自己的身體依然痠痛。

「不過，任務的目的是要你這新手熟悉工作項目，把你打昏了豈不是本末倒置。」

「我也是這麼想，所以我就找分部長抗議了。分部長跟我說，他會警告那一位同事，下次的任務他會請對方好好的教。」

「房子的問題解決了？」劉袒瑾輕笑問道。

「聽說還沒有解決。」

「地點還記得？」

「不知道。」

皇甫洛雲遠望了，當時他是被拉著傳送過去，怎麼會知道地點呢？

「既然如此，晚上上班你問問你的分部長吧。」

「問啥？」

劉袒瑾垂下眼睫，半遮住眼，唇向後勾起，露出一抹詭譎的微笑，吐出清晰的話語。

「問他：『租這屋子的人去哪裡了呢？』」

皇甫洛雲瞠大眸子，看著露出怪笑的同學，不知道該如何應對。

去哪裡了呢？

他怎麼可能會知道！他又不是連殷鳴這個混蛋！

不過皇甫洛雲更想要吐槽他那位好同學……身為諮詢者，不要跟他打啞謎呀！

劉袒瑾不能看在他啥都不懂的分上，直接說清楚，講明白嗎？

肆・新人初任務

暑假本身就是個讓人懶惰大發，只想要在家裡過著有一天是一天的生活。

但現在皇甫洛雲的生活重心多了個半夜三更的工作。

而且還是隨時隨地，就會自己自動出現在柳分部裡的詭異工作。

同時，皇甫洛雲還要慶幸家裡這幾天還在處理爺爺的身後事，沒有注意到他半夜外出未歸的問題。

所以他突然臨時起意，一和劉昶瑾吃完早餐就直接騎車到柳分部。

從皇甫洛雲這一連幾天的經驗下來，這棟外表是透天洋房的廢棄屋子，再加上外面像是荒廢地，玄關的門就算沒有關上，也不會有人進入。

但真的踏進柳逢時的辦公室時，瞧見柳逢時坐在辦公室內，倒是讓皇甫洛雲嚇了一大跳。

「分部長，這個時間事務所也會開門營業？」

皇甫洛雲左顧右盼，看不到這裡有其他人，就連柳逢時的副分部長兼祕書甄宓也沒有看到。

「是的，皇甫小弟。雖然半夜是鬼活動的時間，但活人卻是在白天。」柳逢時晃著手，淡然解釋：「事務所也是要有委託人，委託人能來的時間就是一般你們所既定的活動時間。也因為如此，事務所自然也是要正常開門營運。」

這些人到底有沒有睡覺？

皇甫洛雲懷疑了一下，「一天二十四小時？」

「時間是祕密。」

柳逢時抬頭看著掛在牆上的時鐘。

牆面上頭有一個奇妙的鐘，它可以顯示兩個時間，指針正轉、與指針逆轉，這是有兩組時分針的鐘，而它的中間有一塊透明的玻璃，可以讓他清楚地看到兩種不一樣，正逆轉的時間。

皇甫洛雲來這裡時有稍微研究過一下那個鐘，但他還是看不出原理，便放棄了研究。

「皇甫小弟，剛來沒幾天，就對這裡很有向心力了，不錯。」

「我沒有，只是突然想要來這裡看看而已。」皇甫洛雲有些彆扭說道：「我想要問問分部長，關於昨天你要我和那位連先生處理的任務。」

連殷鳴目前都沒有給過皇甫洛雲好臉色，也沒有提過他要怎麼稱呼的方式，皇甫洛雲也只能用這方式來說出連殷鳴的名字。

「叫他鳴就好。」

「這會不會太隨便了一點？」

「不會，鳴他不會介意。皇甫小弟，幫你增加一點小知識，鳴他姓『連殷』，單名『鳴』，所以稱呼上是不會有問題的。」然後，柳逢時又笑著說：「鳴不喜歡被人用這麼尊敬和生疏的稱呼叫著自己。他寧願被人不禮貌地稱呼，下次就試著這樣叫鳴看看，他不會生氣的。」

皇甫洛雲眨了眨眼，不滿意說道：「那他也可以叫我皇甫，而不是菜鳥呀。」

看話題突然歪了，皇甫洛雲也不知道該如何把話題矯正回來，就順其自然地抱怨。

「皇甫小弟，鳴和宓兒也不是故意的，時間久了、習慣了，他們就不會那樣對待你了。」

柳逢時淺笑安慰。

「是嗎？但我感覺不出來。我想，就算我認真工作，他們對我的態度還是不會改變。」

這回他連問都不想問、聽也不想聽，便對著柳逢時微微鞠躬，隨即轉身離開。

皇甫洛雲想到一個問題，他其實也不需要特地提點柳逢時，如果讓他們一直認為他是毫無用處的廢人，或許他們就不會想要繼續聘僱他，將契約解除，讓他遠離這個所在地。

他很美妙地忘記朋友的忠告，忘記朋友那形容的字眼——**你們是同一艘船上的人，你們都是生命共同體。**

皇甫洛雲才走到門口，正準備出去，柳逢時叫住了他。

「皇甫小弟。」

「是。」他回過頭，納悶地看著柳逢時。

「你不是有話要問？這樣回去，好嗎？」

「是這樣沒錯，但我不認為你們會回答我。」皇甫洛雲在氣頭上，一點也不想要對柳逢時客氣。

「問問看呀，我會回答。」柳逢時不介意皇甫洛雲的暴怒反應，笑著應答。

皇甫洛雲見到柳逢時笑笑地回答他，氣也消了三分，同時注意到自己對柳逢時做出遷怒的行為，發出不好意思的低低嗓音。

「對不起，我只是想要問問，昨天的那個任務，後來嗚他也沒跟我說進展如何，那時我又很火大只是想要控訴他的不良行為，到早上，氣消了，就來問問看了。」

「噗，真是個好孩子。」忍不住，柳逢時發出噗哧笑聲。

這讓皇甫洛雲的耳根子霎時紅起，不知如何是好。

他不知道柳逢時這笑，是針對自己的道歉，還是工作的疑問。

「皇甫小弟你也不需要太介意，既然嗚寧願打昏你，不讓你知道過程，那代表他認為帶上你，會礙了他的手腳，畢竟嗚擅長獨立行動，不習慣與人一起活動。」

此話一出，皇甫洛雲悶了。

結果他的跟隨還是讓對方認為自己是障礙。

「如果你覺得不妥，我也可以找其他人教你處理這裡的工作。」手抵著下巴，柳逢時沉思道：「宓兒最近幾天比較忙，等她有空了，再讓她帶你。」

「不、不用啦。」一想到要麻煩別人，皇甫洛雲立刻揮手拒絕。「我、我只是突然想要問問，租那屋子的人去了哪裡。嗚他說租屋的人都跑光了，我有點好奇他們去哪裡。」

畢竟是別人的主意，皇甫洛雲說得也有些心虛。

但他沒想到，他這一提，讓柳逢時露出錯愕神情。

「哎呀哎呀，挺意外皇甫小弟你問了一個有趣的問題呢！」輕輕地，柳逢時抬起手，朝門口比去，「皇甫小弟，你可以『自己』去找找看，如果看出什麼端倪，再回來跟我報告。」

皇甫洛雲納悶地看著柳逢時，這意思是他可以自己行動？

他思考了很久，回過神時，他已經來到外面，機車也發動了，只差自己沒有坐上去，騎車離開。

皇甫洛雲注意到了，從他來到這一間柳分部開始，只要進去，腦袋記憶自動就被遮蔽，有著嚴重的斷層現象。

他是何時進去、何時出來？

這部分他必須要在自己的腦袋裡打上一個大問號。

他該不會年紀輕輕，出現老人痴呆的情況吧！

思及自此，皇甫洛雲不自覺地思考自己該不該吃一些保健食品，以免之後開學上課，自己就只有腦袋空空，被老師被當掉的分。

「說是要我查，我要去哪一國找？」

雖說接下來就是要外出調查那些房客搬去什麼啥鬼地方，皇甫洛雲想到他自己要孤身一人調查這些東西，他的胃就痛了。

「沒事找事做呀。」

明知道附近沒有人，他還是想要出聲抱怨一下。

同時希望有神人可以指點他。

說時遲那時快地，皇甫洛雲聽到了神之音——

「皇甫，你來到這個偏僻的地方做什麼？」

皇甫洛雲立刻回過頭，就看到嘴巴咬著麵包的好同學。

「阿昶你怎麼跑來了？」

「怕你又被坑，在附近看看。」

劉昶瑾回得清淡，皇甫洛雲只想要敲昏這位跟蹤他的友人。

「沒辦法，雖然提示你了，但怕你又被坑，我也只好自己跟過來。」看望周圍，劉昶瑾打量附近，補充道：「這地方真偏僻。」

「我們先去其他地方，別留在這裡。」

抬起手，皇甫洛雲將劉昶瑾推到車旁，拿出預備的安全帽，扔給他，催促他上車。

來到市區，皇甫洛雲想要把劉昶瑾送到他家，但劉昶瑾拒絕了。

「我一個人無聊也是無聊，就來幫你吧。」

「我沒錢付你薪資。」

「諮詢費就夠了。」

「阿昶，請不要把我吃垮！」

劉昶瑾的食量太過驚人，皇甫洛雲雖是有新工作，但薪資沒下來，錢也不太敢亂花。

「放心，我只吃我該吃的量。」拍拍衣服，劉昶瑾又說，「走，我們先去那一間凶宅。」

「我又不知道地址。」

「網路是萬能的，同學。」劉昶瑾晃了晃手指，輕鬆說道：「凶宅可以去凶宅網看，既然你的同事有告訴你事情始末，這凶宅更好找。」

皇甫洛雲傻眼，他倒是沒想到這一點。

於是乎，他們兩人便去找一間網咖，查出詳細地點，並前往那一處，屬於皇甫洛雲去過的凶宅。

皇甫洛雲呆然地看著一棟房子，內心滿滿的問號，劉昶瑾站在他的前面，露出一貫的輕鬆神情。

「走吧，我們進去看看。」

「等一下！」皇甫洛雲抓住劉昶瑾的手，大喊，「你走錯地方了！」

「地點，沒有錯。」劉衵瑾指著皇甫洛雲比去的地方，半瞇起眼，輕聲說道：「屋主現在是住在這裡呢。」

「不對！凶宅不就是住……咦？屋主住這裡？凶宅網站可以查出來？」

不自覺地，皇甫洛雲鬆下手，訥訥問道。

「屋主如果住在原來的住家，要怎麼租人？」

劉衵瑾對皇甫洛雲投了一記少見多怪的眼神。

「屋主年紀大了，不想要勞累搬遷家裡。附近屋子如果剛好有要賣掉，自己也有一筆錢付房子的頭期款。如果我是屋主，我會買下隔壁的屋子，再把原來的屋子便宜租出去，一邊收租金、一邊付房子貸款。有空還可以看著隔壁房子的狀況，不怕被人亂搞，這麼方便的差事，是我也不可能不會去做。」

雙手一攤，劉衵瑾輕鬆道出結論。

「所以你的意思是，要找房客，找房東比較快？」皇甫洛雲沉思問道。

「嗯，還可以順便問他一些事情。」

「柳，菜鳥呢？」

皇甫洛雲離開柳分部沒多久，連殷鳴也踏入柳逢時的辦公處。

「他有額外的工作。」聽著連殷鳴的問句，柳逢時淡笑道，「他提出了一個有趣的問題，所以我就讓他去查了。」

「他行嗎？」連殷鳴皺眉道，「柳，你認真回答我的問題，不要再忽視我們。你覺得一個大外行可以做我們的工作？」

直到現在，連殷鳴還是不相信柳逢時居然會讓皇甫洛雲加入。

大外行呀，皇甫洛雲又不是內行人，若是內行，連殷鳴也沒有反對的必要。

問題的重點在於，皇甫洛雲什麼也不懂，什麼也不明白。他們事務所人本來就少，之前連殷鳴也有想過請柳逢時增加人手，但卻卡在沒有合適人選。

而現在，新人有了，但卻是一名菜鳥外行人。

「嗚，每個人都有菜鳥的時候，別看皇甫小弟看起來有點笨笨的，或許以後他會是強力的幫手。」

「是嗎？」連殷鳴的唇中溢出諷刺的音色。

他觀察皇甫洛雲一段時間了，他不認為那名菜鳥有做這份工作的心。

「嗚，相信我，你會對他改觀。」

「我還是一句話，大外行本來就不該做這工作。柳，你也該告訴我，你為什麼會找他來這裡了吧！」

陰曹的工作並沒有陽間之人想得這麼輕鬆。

時代的運轉，人世的混濁，使得下界出現了混亂。正因為如此，才會出現冥使事務所的機制。

在過去，這是不曾出現的機構。知情的陽間之人偏向少數，對於人世中的人們而言，他們比較信賴的還是陽間的道者，或是下界陰曹內部，不會想到他們這個不知道有多少間的陽間機關。

「你是跟宓兒是串通好的嗎？一直反對我收皇甫小弟。」柳逢時嘆氣道，「宓兒也因為皇甫小弟而跟我生悶氣，請假出遊去了呢。」

「唷，甄宓那女人也會拋棄你？」連殷鳴調侃道。

「這次不一樣，她很排斥我收皇甫小弟呀，害我煩惱到不知道該怎麼辦。」

柳逢時的語氣顯得有些苦惱，但臉上的嘻笑神情卻不讓連殷鳴認為這位分部長有在煩惱這件事，反而有樂在其中的錯覺。

「既然甄宓討厭他，你還告訴菜鳥，如果我不行，就叫甄宓帶他？柳，該不會你這混蛋又在誆騙我？」

「故意的呀。」柳逢時聳肩說，「我不認為皇甫小弟是個半途而廢的人，如果你激起了他的好勝心，他鐵定不會選擇讓甄宓教導他。」

「如果你看錯呢？」

「那就我帶囉。」

「……柳，你是認真的嗎？」連殷鳴訝然，深深覺得柳逢時是故意來亂的。

「再認真不過了，鳴。」

默默地，柳逢時雙手交疊，平置在桌上，雙眸透出絕不是玩笑的堅定神情。

連殷鳴見狀，沉默不語。

「菜鳥有什麼特殊之處？」

打破寂靜，連殷鳴只有這個疑問。

雖然連殷鳴挺想對柳逢時說：請恕我眼睛拙劣，看不出一個人究竟有何種優秀能力。但這句話一但說出口，煙硝味挺重的。

畢竟柳逢時是自己的上司，連殷鳴還不太想要跟這位柳分部的分部長槓上。

「嗚，你也知道，要成為這裡的員工，也是需要幾件基本配備，我這裡才能錄用。」

「最差也要熟業界吧？」連殷鳴賞了柳逢時一記白眼，又細數幾件皇甫洛雲的不是，「而且也不能一直違逆工作前輩和上司，口出那些沒必要的廢言。要不是他一臉想找麻煩的模樣，我也不會敲昏他。」

「何必呢？最後你還不是找不到，空手而回。」柳逢時嘆氣表示。

「那隻魂的鼻子挺靈的，我一去，他就消失得無影無蹤。」連殷鳴下意識地抬起右手，摸了摸自己的左手手背，「下次去，我應該會隱藏印記。」

只是連殷鳴考慮到皇甫洛雲這名大生手的左手印記依然掛在上頭，沒有隱藏，連殷鳴的頭就痛了。

這樣過去，遮了也是白遮。

「嗚，換個角度思考。或許他本來就不在那裡呢？」柳逢時笑笑反問。

這讓連殷鳴露出罕見的沉思神情。

「嗚，皇甫小弟會成為我們的一員是注定之事。你有見過我做出危害這裡的決策嗎？」

雖然是老調重彈，柳逢時依然認真說著。

連殷鳴聞言，搖頭回應。

「既然沒有，就請你繼續相信我這一回。」

「算了，我先去查任務。」

連殷鳴不想要跟柳逢時談這只會不斷繞圈，不會有結論出現的問題。

「嗚。」

然後，柳逢時又叫住了連殷鳴。

連殷鳴回過頭，看著他問道：「怎麼，還有事情交代？」

「下次回來前，再補一些貨過來。還有——」

「嗯？還有什麼。」

突然的沉默不語，讓連殷鳴納悶了。

「你先放手讓皇甫小弟做自己想做之事，晚上他不願意跟你執行任務也沒關係，你就隨便他吧。」

「……你什麼時候這麼好心，居然想要放牛吃草隨便菜鳥。」瞬間，連殷鳴只有這個想法。

「想要用其他方式看看皇甫小弟會有什麼動作呀。」

「柳，你在打什麼主意？」

不知怎地，連殷鳴突然覺得，他這一回不應該相信柳逢時，他應該要下定決心，把那位新來的菜鳥趕走。

「沒有，你想太多了。」柳逢時抬起手，輕聲說道，「嗚，晚上見。」

「啪」地一聲，指與指擊出清晰的交擊聲，瞬間，連殷鳴消失在柳逢時的眼前。

然後，柳逢時放下了手，唇中露出一抹詭異的笑意。

「主意是沒有，打算倒是有一些呢！」

一直以來，皇甫洛雲認為他的同學就是一般般，要特別沒特別，最多也只是有那樣的「奇特」背景。

的確在學校時，劉昶瑾有提過家裡是有這樣的特殊職業，但只要仔細往回推敲，一定可以察覺到，劉昶瑾從未提過自己的事。

同窗三年，皇甫洛雲完全不了解自己的同學。

原以為劉昶瑾想要藉著租屋之便，故意去套那位隔壁屋主的話。

但他沒有想到，劉昶瑾一等到對方開門，開口說出的不是人話——

「隔壁鬧鬼。」

看看，有誰劈頭第一句話就是這種絕對會讓人開扁的話！

「你誰呀！滾滾滾，這裡沒鬧鬼。」

應門之人是滿頭白髮的老人，他一聽到劉昶瑾這席話，先是一愣，後惱怒趕人。

「我說的是隔壁，又不是你這裡。」劉昶瑾將手抵在門口，不讓老人關門，「你不是委託我們驅逐隔壁的惡鬼？」

「我沒有請人。」莫名地，老人寒著一張臉，冷然說道：「年輕人年紀小小的不學好，不要亂騙我這老人家的錢，我沒有這麼好騙！」

「真是抱歉，打擾了。」

面對老人丟出的逐客令，劉袒瑾欣然接受。

他鬆開手，讓老人「碰」地將門關上。

「阿袒，你失敗了。」

「沒有。」劉袒瑾回答，「我記得，你說你同事告訴你，委託那棟凶宅驅鬼工作的就是凶宅的屋主？」

「對呀，我的同事的確是這樣跟我說的。」皇甫洛雲皺眉說道：「還是他認為這件事不能見光，所以才沒有承認。」

「這不對，依照我這問法，他應該會以為我是他所委託的事務所，所派來之人。他說不知道，應該就真的不知道了。真是如此，那麼這樣就怪了，事實跟你的同事說的不一樣。」劉袒瑾手抵著下巴，沉思道。

「還是說，有人假借屋主的名義到柳分部委託？」皇甫洛雲想了想，這的確很有可能。

「別傻了，他們怎麼可能不知道。」劉袒瑾擺手說道，「畢竟是下界在人世的機關，如果他們這麼好騙，早就關門歇業了，還需要另外花時間去弄什麼陽間機關？」

「是這樣沒錯，如果原因不是這個，那就說不通呀。」

皇甫洛雲頭痛了，感覺這個任務有些複雜。

「記得我說的，注意房客……」劉袒瑾想要提醒皇甫洛雲，但這句話卻讓他自己陷入沉思。

「怎麼了？」

「突然想到一點。」

莫名地，劉昶瑾露出似笑非笑，狀似在嘲笑自己的詭異神情。

「皇甫，你說過，那位成了屋中惡鬼之人死前想要奪走房子。」

「對呀，我們不是有去網咖查資料？上面的確是那樣寫。」

「真是這樣，那麼，對那惡鬼而言，這屋子是他的，並非是任何人的。」

「所以？」皇甫洛雲小心提問。

「皇甫，你忘記你同事跟你說的？入住進去的人過沒幾天都搬走了，身為屋主的父親搬到隔壁居住，從這一點看來，那位屋主——也就是父親，他在孩子的眼裡也是『房客』呀。」

這句話讓皇甫洛雲驚訝到嘴巴差點闔不上。

雖然這推測感覺很沒有立足點，但以鬼的層面來想，的確是這樣沒有錯。

那位鬼的「怨」是那棟屋子，他是抱持著得不到房子，而自己就這樣死去的「怨」。所以，除了他自己，沒有人能夠與他搶這棟屋子。

「這已經算是屋靈了呀。」

淡淡地，劉昶瑾得出結論。

雖然這比較偏向地縛靈等級的存在，但考慮惡鬼對房子的掌控力，劉昶瑾比較想要將他定調在屋中之靈——也就是屋靈的級別。

「這很麻煩嗎？」皇甫洛雲問。

「既然是屋靈，那就麻煩了。」

「會有怎樣的麻煩？」

「不知道。」劉昶瑾誠實說道：「這種類型我沒碰過，原本以為房客有被動手腳，不然怎麼每個人有志一同地搬離這個地方。看來，是我想得太簡單了，這次你的工作對上的，不只是靈，還要加上一整棟屋子。」

「有這麼嚴重嗎？」

「有，你沒聽過強龍拚不過地頭蛇？再怎麼厲害的人，遇上了熟悉當地的在地人也只能被對方耍弄。」

「是這樣沒有錯，但我覺得這要看人，不一定每一個掌握一棟屋子的人會很恐怖。」

雖然皇甫洛雲不認為自己是個很厲害的人，但他也不是沒又見過家裡那對夫妻去老家對付那些霸占老家的囂張跋扈的親戚們，最後夫妻倆大獲全勝，而親戚們都不敢去惹他父母。

另外，皇甫洛雲還有看到一些新聞報導，什麼強盜入侵、警察入屋揪賭徒、毒販的，所以他不認為這屋靈有什麼好怕的。

「你想的是人，我說的是靈。」劉祖瑾糾正道：「房客的離開，可以當作是屋靈給予居住在內之人暗示，讓他們沒有想要繼續住下去的想法。皇甫，如果時間允許，你可以再問問你的同事，問他昨天到底發生了什麼狀況。」

「有問跟沒問都一樣啦。」皇甫洛雲嘆氣道，「如果我有問到答案，在我離開柳分部後，約你吃早餐時我也就跟你說了。」

「你晚上會來？」莫名地，劉祖瑾問了皇甫洛雲這奇怪的問題。

「什麼晚上，我現在就在這裡啦。」

「我的意思是，你晚上的工作開始後，就會過來這裡？」

「嗯，對。但我現在在這裡，應該不會有問題。」

皇甫洛雲說這席話有些心虛。

他挺擔心上班的準備時間一到，他就自動被柳逢時「召喚」到柳分部裡。

劉昶瑾看著那棟凶宅，說：「若是怕會被叫回去，你就先回去說一聲吧。」

「咦，可是這樣……」豈不是要留下他一人？

「沒關係，我可以自己照顧自己。」劉昶瑾擺手說道：「我還有些事想要確認，你就先去跟你的分部長報告一聲，我們再進去。」

「那你是要做啥？」

皇甫洛雲的耳朵沒有聾，他沒有漏聽劉昶瑾方才的「確認」宣言。

「再去找屋主，不會進凶宅。」

「好。」

既然同學都這麼說了，他也只好先回柳分部一趟。

皇甫洛雲想到，如果柳逢時看到出去又回來的他，會說出什麼話呢？

他完全不敢想像過問的狀況，內心只期望柳逢時不要問他調查房客的進度。

因為柳逢時這一問，一定會察覺到他還有一個同行的可靠小幫手跟他一起行動。

「哎呀哎呀，好像自尋死路，自己一人留在這個地方呢。」

四下無人，劉昶瑾半瞇起眼，唇向上微勾，諷刺地嗤了一聲。

他重新走回凶宅的隔壁，再一次按下門鈴，這次他沒有等到對方開門回應，因為他輕輕地推著門，門自動向內「咿呀」地打開，門拖著長長的難聽音色，自動向內敞開。

微動鼻子，刺鼻難聞的味道灌入鼻腔裡，劉昶瑾淡淡地看著倒在玄關，正面倒趴在地板上，一隻手與身子一起壓著，另一隻手向前伸展，地板還刮出一條條血痕。旁邊是擺設電話的小櫃子，看樣子，對方是想要打電話，但卻來不及，他就這樣倒在這裡，就這樣無人知道地死去。

劉昶瑾見到這般場景，沒有覺得噁心想吐，也沒有尖叫大喊。他小心、輕鬆地不讓自己留下腳印，走到小櫃子旁，拿起電話，撥打號碼。

然後，他將電話隨手扔下，直接離開這棟屋子。

他踏出後，長長地吁了口氣，頭也沒回地，如暗示般，輕打出響指。

接著，劉昶瑾悠哉地走到凶宅之前，手握起，輕輕地敲門，對著這棟「屋子」輕聲說道：「喂，有人在嗎？」

理應不會有人的屋子並不會回應他，劉昶瑾淡然一笑，宛如自問自答自行出聲。

「差點忘了，屋靈去別的地方了呢。」

手插入口袋，他用著再自然也不過的輕鬆步伐，轉過身，微張著唇，發出無聲的話語。

『消失吧。』

「轟」地一聲，房子出現無人能夠察覺的震盪，整棟房子冒出黑色的煙氣，裊裊上升。

「塵歸塵，土歸土，本來就不是這世上之物本應該消失。」劉昶瑾偏頭想了一下，微吐出無奈的話語，「唉，要找地方躲起來，還要提示我那該敏感卻敏感錯地方的糊塗同學，這麼困難的工作我該怎麼辦呢？」

隨即，他嗤笑一聲。

算了，隔壁等等應該會有警察什麼的過來，他還是先躲起來，靜觀其變。

皇甫洛雲萬萬沒有想到，這一切都是自己杞人憂天。

柳逢時聽到他突然回來的理由，毫不掩飾地在辦公室內狂笑。

恥辱呀！

這明擺著就是在羞辱人！

「皇甫小弟，你也太可愛了吧。」

柳逢時毫不掩飾地暗虧皇甫洛雲，他也不能說什麼反駁的話語，只能繼續聽下去。

「放心吧，調查期間我不會作這麼過分的事呢。」說到這裡，柳逢時壓低聲音，喃喃自語著，「若是被人發現你昏倒在半路上，這樣很麻煩呢。」

「對不起分部長，你剛才說啥？」皇甫洛雲的耳朵沒有捕捉到故意壓低嗓音的第二段話，提問道。

「沒什麼，不要介意。」柳逢時擺手催促，「皇甫小弟你快一點去吧。」

「放心，我會快點過去。」

既然沒有問題，皇甫洛雲也沒有逗留的必要。

「對了，皇甫小弟你先等等。」

柳逢時上一秒催人離開，下一秒又開口挽留，皇甫洛雲納悶地看著他。

「分部長請說。」

他發現柳逢時有一個小毛病，他有很高的機率會在自己正要準備離開辦公室，然後又叫住自己問些事情。
「調查的狀況如何？看你特地回來，應該有進展吧。」
「嗯、嗯，是有些進展。」
皇甫洛雲緊張了，果然還是問了這問題。
「有就好了。」柳逢時淺笑說道：「那你快一點去忙吧。」
「好。啊，對了，那鳴他應該不會……」
皇甫洛雲差點忘記還有連殷鳴。如果沒有通知他，連殷鳴應該又會拿槍抵著他的頭，威脅說自己沒有通知他。
「放心，鳴他不會對你怎樣的，我有先跟他說你有任務要做。」
皇甫洛雲鬆了口氣，隨即又覺得柳逢時是一個很奇妙的人。
他感覺到，柳逢時有點未卜先知地知道他的下一步動作，若是讓柳逢時再問下去，只怕他會自動把同學供出去。
立即，皇甫洛雲和柳逢時道別，離開柳分部，去進行自己的工作進度。

連殷鳴很火，他沒想到柳逢時居然弄了趕他離開事務所這個爛招。
「柳逢時你這傢伙到底想怎樣！」
他咬牙切齒地低喃著柳逢時的名字，又想要殺回柳分部，揪著他的脖子，質問他到底想要做啥。

可是他想到自己被趕了出去，回去注定也會被守護柳分部的屋靈趕出去，不得其門而入。他還是得繼續調查昨天的那個案件。

任務尚未完成，連殷鳴暫時把這些私人情緒埋在心底一角，把心思放在任務上面。

——昨天的調查進度完全是停滯階段。

根據委託人所給的情報顯示，他們要抓的魂已經成了惡靈，他在自己死去的家裡興風作浪，就是不要讓人搶去理應會成為自己財產的屋子。

但昨日和那新來的菜鳥去委託地點，一開始的確感覺到內部陰風陣陣，有惡靈居住的存在。只是他們進入的時間一拖長，便可以發現那些氣息只是殘存下來的氣味，裡面的惡靈早就離開了。

他本來就打算今天去調查，當然也會順著柳逢時的意思，帶著菜鳥回到屋裡調查。摸著良心，連殷鳴一點也不覺得皇甫洛雲會跟著他一起過來。

畢竟皇甫洛雲的心態與他不同。

他們把柳分部內的工作——捉魂收怨作為自己的人生目標，當成自己的本分。對他們而言，時間的概念是不存在的，他們也不需要陽世人們口中的薪水薪資。

他們本身是「不能搬上檯面」的，就連柳分部、其他的冥使事務所，都是一樣。

由於他們在人間走動，總是需要錢，事務所拿到了委託費，也會分給其他員工，但他們沒有所謂的固定薪資，他們的錢都是跟著委託費一起走，也就是有多少、拿多少。

可偏偏，柳逢時卻要給皇甫洛雲固定薪資，這讓連殷鳴很訝異。

是因為他只是一般的普通人，這麼說會讓他心安？

這也不太對，只要皇甫洛雲留久了就會發現這個地方沒有他自己想得這麼簡單。一個半調子的人本不該在這地方出現。

他想要知道原因，一問到關鍵，柳逢時卻像打啞謎一般，不對他說真話。

皇甫洛雲是為了什麼原因而突然出現在這間柳分部？

他不明白，皇甫洛雲本身也不知道。但他相信，有一人必定會知道原因，那就是「脅迫」皇甫洛雲加入柳分部的分部長——柳逢時。

連殷鳴的心中有一個預感，這想法告訴他，這次的任務處理完，他就可以知道柳逢時故意不說的原因。

當然，知道的方式不是從柳逢時的口中得知，而是實際親眼見到皇甫洛雲究竟有什麼能耐。

不過在他去之前，還是先幫柳逢時補個貨，以免他回到柳分部，還被柳逢時虧自己的記憶力變差，連一個小工作都無法完成。

伍・進入調查

「這裡是怎麼一回事。」
皇甫洛雲也只是回柳分部一趟而已，回到任務地點找劉袓瑾卻發現凶宅隔壁——也就是屋主家被上了封鎖線，外頭還有警車。
「皇甫，這裡。」
低低的嗓音引起皇甫洛雲的注意，他順著聲音看去，發現劉袓瑾在後方巷子對他勾手，似乎是要他過去。
「那邊怎麼了？怎麼突然變成那樣。」
皇甫洛雲有些緊張，事情突然變成這樣，完全在他的意料之外。
「唔……該怎麼說呢？」
眼簾緊閉，劉袓瑾做出沉思的神情。
「別賣關子了，快點告訴我吧。」
「不，我怕嚇到你。」劉袓瑾認真回道。
「我不怕嚇，反正這幾天奇怪的事遇多了，我也沒有什麼感覺了。」
「是嗎？好吧，那你就聽清楚吧。屋主死了，大概死了好幾天了呢。」
「……」
皇甫洛雲頓時無言以對。
屋主死了？而且還死了好幾天？
可是他們明明就與他說過話，並沒有什麼怪事發生。
這一回還真的遇到了怪事。

「你怎麼知道？」訥訥地，皇甫洛雲吐出疑問。

「我不是說要去找屋主問問？就很剛好發現了。」

劉昶瑾話是說得簡單，皇甫洛雲注意到劉昶瑾對他有所隱瞞。

他是用什麼方式察覺屋主死了呢？

雖然他很想問，但劉昶瑾應該不會打算替他說明解答，畢竟他的「業務」並沒有完全替他解除所有疑問，只是個一般諮詢而已。

「阿昶，那邊現在有警察，我們要怎麼進去？」

看著出出入入的警察，皇甫洛雲神色有些擔憂。

這是凶殺案嗎？若是這樣，隔壁應該也要等到警方調查完，人都撤走之後，他們才可以進去那棟凶宅、或是屋主的屋子裡。

「應該不需要等很久。」

「為什麼？」皇甫洛雲問。

「因為屋主是病死的，他來不及打電話求救，就這樣死在自己的家裡。」

「那為什麼警察……」皇甫洛雲不解，既然是一般正常生老病死的狀況，為什麼警方需要大費周章地進進出出。

「因為有人用了那屋子裡的電話打到警局，卻什麼聲音聽不到，只聽到重物——也就是話筒落下，然後不斷撞擊牆壁或是櫃子的聲音呢。」

「你這意思該不會——阿昶，你是不怕被警察抓嗎？」

皇甫洛雲沒想到精明的同學居然會做出這種危險的事。

「放心，我沒有留下指紋。」

劉昶瑾拍胸保證。

這保證讓皇甫洛雲想要遠望看風景。

「唉，笨吶，皇甫。這屋子裡既然死了人，又怎麼可能看到就不理會。當然是撥電話請人收拾囉。」

「你說的沒錯，但還是有點誇張呀。」

雖然能夠讓屋主屍身早點被人發現，但下場是，他們無法進入隔壁調查。

這太顯眼了，他們不可能假裝他們是房客，假裝沒有看到隔壁異狀而進入其中。

「對了，皇甫我想問問，你有你工作地點的電話嗎？」

劉昶瑾話一出，皇甫洛雲忍不住支吾起來。

「皇甫，記得你打工的經驗很多，應該老手了，為什麼沒有要電話？」

劉昶瑾輕輕嘆氣，對於意外有少根筋屬性的同學，劉昶瑾完全拿他沒轍。

「這、這、這，這是因為我剛去就遇到那些亂七八糟的事，就算我想要電話，也沒有這心思注意了呀。」

皇甫洛雲悲劇了，劉昶瑾應該是把他列為笨蛋民族。

「記得爺爺有說，冥使事務所的人似乎有自己的傳遞消息方式。」偏頭細想，劉昶瑾抬起手，食指輕觸腦袋，說道：「你只要想，他們就會聯繫你。」

「這、這樣嗎？」

「反正現在還不能進去裡面，你就試看看，想著請你的分部長打電話找你？」

「這樣行嗎？」

對於劉昶瑾那不科學的提議，皇甫洛雲有點怕怕的。

「你的魂不是在他手上？」冷冷地，劉昶瑾瞥了皇甫洛雲一眼，「魂若是在他手上，那他又怎麼不會掌握你的所在地點，又怎麼無法回應你的呼喚？照著我的建議，你就在你心裡想著自己要聯繫之人，等到他聯絡你，你就跟他要你同事的通訊方式，告訴他這裡的狀況。」

瞬間，皇甫洛雲又有他並不認識他這位同學的感慨。

他有一種感覺，他高中那三年所認識的劉昶瑾比不過這兩天認識的劉昶瑾來得多。

就算是爺爺講的故事、縱使是爺爺的見聞，但劉昶瑾口中所述說的事情，儼然像是他自己的見聞，而他口中的爺爺只是個藉口。

或許，現在他所接觸的劉昶瑾，才是劉昶瑾真正應有的姿態？

「皇甫，怎麼了？」

莫名地，劉昶瑾淺笑抬手，在皇甫洛雲的眼前晃呀晃的。

「噢，我剛才想事情想出神了，我現在去叫分部長看看。」

發現自己發呆到連對方都看不過去了，皇甫洛雲趕緊道歉，專心去「想」，想著分部長撥手機給他。

才剛想不到三秒，置在褲子口袋的手機傳出響聲。

皇甫洛雲立即拿起手機，看著螢幕顯示的未知號碼，立即接起。

「喂，您好。」

接通瞬間，立刻傳來近乎調侃般的嗓音。

『找我？用手機這方式還挺微妙的，若是弄得一個不小心，這樣你的行蹤會被發現的，皇甫小弟。』

「……分部長你別損我了，您這通電話來得也很剛好，我有事情想要找鳴，但我沒有他的電話，你可以告訴我，我要怎麼聯絡他嗎？」

皇甫洛雲嘆氣了，只是一通電話而已，沒必要這麼嚴重吧！

不過他還是先把柳逢時撥來的電話當成巧合看待，以免他說錯話，真的被柳逢時察覺出不對勁。

『皇甫小弟，下次你來分部時，記得提醒我給你一張通訊符，那可以聯絡所有的分部的人，符紙很方便，沒有人世手機會有的電波干擾狀況。』

「謝謝，那鳴的聯絡方式？」

饒是如此，皇甫洛雲還是要連殷鳴的手機號碼。

『我來聯繫他吧，你只要鳴過去找你？』

一聽到柳逢時要連殷鳴過去，讓皇甫洛雲緊張了一下。畢竟他這裡還有其他人，連殷鳴若事前來，鐵定會有很多不必要的麻煩。

想到這裡，皇甫洛雲趕緊開口。

「不是啦，我只是想要請分部長你幫我轉告鳴，凶宅的屋主已經死了好幾天了，他就住在凶宅的隔壁……」想了想，皇甫洛雲還是說出部分的實情，「今天我來這裡來了兩次，第一次住在隔壁的屋主是『活』著的，但我被趕出去，再去按門鈴進去時，卻發現屋主已經『死了』。」

『哦，還真是……詭異呢。』

「是的，分部長。」聽到柳逢時沒有問詳細只是說出評論，皇甫洛雲鬆了口氣，「我想要找鳴，跟他說這裡的狀況。因為現在屋主那邊有警察，我不太方便進去，所以必須要先跟鳴說一聲，以免他白跑一趟。」

皇甫洛雲認為連殷鳴不是莽夫，會直接闖進去，但他還是要先提醒一下。

『我知道了，我會幫你通知鳴，當然，你也要在這裡等鳴，因為鳴他一定會去那裡找你。』

柳逢時說完，掛掉了電話，留下呆愣在原地的皇甫洛雲。

「不不不、不好了！」

皇甫洛雲慌了，連殷鳴要來這地方呀！

「怎麼不好法？」

看著驚惶失措的皇甫洛雲，劉昶瑾相較卻輕鬆了許多。

「分部長說，我的同事要來。」

晴天霹靂，皇甫洛雲慌到不知道該怎麼辦。

「嗯，預料之中。」

下一秒，劉昶瑾的回答又讓皇甫洛雲腦袋炸開。

「你該不會是故意要我這樣問！」

「爺爺說，事務所的人不會管陽間的法律，他們只管陰間事、聽他們陰間的規定。」劉昶瑾輕拍皇甫洛雲的肩膀，然後又道：「我先離開了。算算時間，我也該回去顧家了。有什麼問題，你明天再來找我，明天你可以約我在豆漿店，那家還不錯吃。另外，這一次，你要乖乖的聽你同事的話，不要反駁，只要照做，就算他要敲昏你，你也要接受，千萬不要反抗，知道嗎？」

聽著劉昶瑾的落落長交代，他的眼神都快死了。

所以這一次他還是要悲苦的被敲昏？

「皇甫，有什麼問題明天可以跟我說。」

「我知道了。」

皇甫洛雲雙肩頹下，也只能目送劉昶瑾離開。

接下來，他要等連殷鳴過來這裡找他了吧。

連殷鳴來到市區的一家不起眼的小店，推開門，門鈴發出「叮鈴」的清脆音色。

這是一家雜貨鋪，專賣許多陽間之人無法碰觸，僅有陰間之人才可以拿到的物品。

「我還想說是誰，原來是鳴呀。」

坐在櫃檯的男子輕推黑框眼鏡，笑著說道。

「今天只有你？」

「是的，算算時間，你們也該來找我了，所以我就遣走了這裡的人，專門接待你這個大貴客。」

「少來，我在趕時間，快點把東西給我。」連殷鳴擺手，眸中透出煩躁的色彩。

「呵，你就是因為這樣的個性，所以才會在那不上不下的位置呢。」

輕輕地，雜貨鋪店長垂下眼睫，然後張唇調侃著自己口中的貴客。饒是如此，他還是沒有漏掉連骰鳴瞬間露出的複雜神情。

「哎，被說破了，所以惱羞成怒？」

店長習慣性地推了推眼鏡，站起身，抬起手，掌中自動浮現出一個與手掌一般大的方形盒子，遞給連骰鳴。

「柳付錢了？」瞅著店長手中的物品，連骰鳴並沒有立刻拿走。

「再找我拿五次也沒問題。」

店長笑著回應。

連骰鳴淡淡地拿走店長手中的物品，走到門口，注意到不知何時蹲坐在門口，晃著尾巴的小黑狗。

「牠，還在這裡？」

見到小黑狗，連骰鳴倒是愣住了。

「是的，抵押品，不可還。」店長露出詭譎一笑，擺手說道，「好了，柳家的員工先生，您也該離開了，我這小店也要開門讓人進入了。」

連骰鳴瞪了店長一眼，直接推開門，離開這家小店。

「和那傢伙說話，只會氣死自己！」連骰鳴離開了雜貨店，不斷碎念著。

他和這位店長交手至今，從未占到上風過，他還是一直被這位店長耍弄著。

礙於任務地點狀況不詳，連殷鳴考慮要不要看在東西的分上，回柳分部一趟，將那東西交給柳逢時。

當然，他認為柳逢時為了那東西，一定不會把他拒擋在分部門口。

想到這裡，連殷鳴決定轉移地點，先回冥使事務所。

只是他正要有所動作，他皺眉，手放入口袋，拿出一張黃色的符紙。

「幹嘛。」

不耐的嗓音從唇中流出。

手上掐著的符紙發出嗡嗡鳴音像是在與他對話，發出有規律的振動音色。

「……你說菜鳥？」

聽著那僅有自己能夠聽到的聲音，符裡的聲音也只傳遞到一半，連殷鳴便吐出詫異的語氣。

「嘖，對啦，挺意外菜鳥的效率這麼好，所以你的意思是要我過去，帶著菜鳥進去？」說到這裡，連殷鳴皺眉了，「嘖，大白天的，我不確定可不可行，畢竟菜鳥什麼都不會。」

符紙又發出了嗡嗡響聲。

連殷鳴聽著那些話，嘆氣道：「我知道了，速戰速決。如果菜鳥問了，就回答他的疑問，不要歧視他是吧？既然要直接過去，貨物就直接送過去給你？」

語落同時，連殷鳴從雜貨店拿到的貨品頓時在手中消失。

連殷鳴頗為無語地看著霎時空蕩蕩，毫無任何一個物品拿在手中的手。見到這樣的狀況，他心底很明白柳逢時是要逼他過去。

不過，就算柳逢時沒有問，他也是會過去。

畢竟他對於柳逢時所說的「菜鳥發現」還挺有興趣的。

那就去看看吧！

連殷鳴收起符紙，向前踏上一步，瞬間，他整個人在大街上消失，而街上的路人也沒有發現到這般詭異狀況，彷彿連殷鳴這個人根本就沒有在這條大街行走一樣，沒有人注意到他的離去。

皇甫洛雲緊張地躲在凶宅附近，他的護身符劉祖瑾離開了，現在只剩下他一人，還要等候連殷鳴的前來。

這對皇甫洛雲而言，太過刺激了。

連殷鳴來到這裡，不知道會怎麼說他？

皇甫洛雲挺怕連殷鳴一來就是拿槍指著他的頭，怪他沒事找事做。

「菜鳥，你挺悠哉的。」

冷不防，連殷鳴的聲音傳入耳中，他完全被嚇到了。

「你怎麼過來的！」

他沒有聽到車子靠近的聲音，連殷鳴應該是走路過來的。

若真是如此，那麼連殷鳴的腳步也太輕了，他居然沒注意到他的靠近。

「陰間路你不也見識過幾次了，我也帶過你走過一次不是嗎？」

「我知道了。」

皇甫洛雲舉起雙手投降，既然是跟這些他聽不懂的陰間術語有關，那他也不需要多加煩惱這些話的可靠性。

「這次挺安分的。」連殷鳴冷笑，話中意思顯得很滿意。

皇甫洛雲乾笑回應，並不是他很安分，而是護身符不在了，他也不能諮詢他。不不不，就算他在，他也不太敢跟連殷鳴介紹他那好同學。

「不過這樣也好，做事會變得很方便。走了，菜鳥。」

「咦，要去哪？」

看著凶宅隔壁的屋子，部分警方還有進出，周圍也出現不少看熱鬧的群眾，皇甫洛雲深深懷疑他們就算等到晚上，也應該進不去。

「當然是進去裡面呀。」連殷鳴抬起手，指著凶宅與有著警方的屋子，淡淡問道：「菜鳥，你覺得要先去哪一間？」

「咦？」

皇甫洛雲嚇到了，連殷鳴居然會問他！

「這兩間都要調查，菜鳥。聽柳說你來這裡查一段時間了，問你意見也不行？」

「可以可以，當然可以。」皇甫洛雲用力點頭，指著凶宅道：「我們先進去那裡看看？隔壁棟的他還不想冒險，保險起見，還是挑一個安全度比較高的地方調查。」

「嗯，那就這樣辦。」

語落同時，連殷鳴抓住皇甫洛雲的後領，向前一拉——

皇甫洛雲的眼前視線猛地置換，眨眼瞬間，他就來到一棟透著森冷氣息的屋子之中。

左右張望，他站在走廊上。

他的視線定在連殷鳴身上，連殷鳴背對著他，頭微微仰著，似乎在看些什麼東西。

「請問，你在看些什麼？」

皇甫洛雲看不出周圍有什麼異狀，也只能詢問自家分部的前輩。

「菜鳥你看不到？」

「是的，我這位『菜鳥』的確看不到什麼。」

「……啥鬼都沒看到，柳還收你這菜鳥？」

「對不起。」

當下，皇甫洛雲除了道歉，便也想不出其他臺詞。

畢竟，在這些「前輩」的眼中，他的確是什麼都不是的「菜鳥」。況且他是真的看不到這裡有什麼東西，只能誠實回答。

「柳該不會是故意的。」

扒抓頭髮，連殷鳴無奈地抽出置在黑色大衣口袋裡的符紙，輕輕一揮，朝皇甫洛雲拋去，符紙貼到皇甫洛雲身上的瞬間，泛起淺黃色的光，啪地碎裂消失。

瞬間，皇甫洛雲感覺自己的眼睛「睜開」了，附近瀰漫了淺淺如煙一般的黑色霧氣，地上、地板甚至是天花板明顯地看到一個個的手印。

「……這是什麼東西。」

有看到東西，皇甫洛雲是該開心，但眼裡瞧見的東西讓皇甫洛雲傻眼。

「幫你開了眼睛。」連殷鳴指著皇甫洛雲的左手，又說：「挺意外你有了契約，卻還看不到這些東西。」
「什麼意思？」
明明同學耳提面命叫他閉嘴，他還是白目白目的發問。
「印記……講白一點可以當成冥使的印記、陰曹的印記，那是陰間代理人的標記，自然可以看到陰間事。」
不知怎地，皇甫洛雲覺得連殷鳴的解釋口吻跟劉袓瑾很像。
「能夠看到是正常？」皇甫洛雲抬起手，看著左手的六瓣花印記。
「當然，不然那個印記是當裝飾？」
「哈哈，說得也是。」問了白目問題，自然也會被人吐槽，皇甫洛雲乾笑三聲，指著附近又問，「看那些東西，感覺挺駭人的。」
「還好，只是一些殘存下來的惡靈蹤跡，留在這屋子裡的靈的確不見了。」
手抵著下巴，連殷鳴陷入沉思。
惡靈的移動範圍是這一整棟屋子，從屋裡的痕跡也可以看出惡靈的地域觀念很強，他不會允許外人侵入自己的勢力範圍。
「不見的話，是代表沒事？」皇甫洛雲說到一半，又想到劉袓瑾提過的疑問，「對了，我去查房客，雖然最後只有查到隔壁屋主，但發現他們都怪怪的。」
「怎麼個怪法？」連殷鳴看著周圍，僅是出聲問道。
「第一次見到隔壁的屋主，他的確是活著的，但過一些時間再過去，他就死了。已經死了好幾天的人，怎麼能夠開門和跟我說話？」

「他會那樣，應該是他自己沒那個自覺。」連殷鳴解釋道：「如果對方沒有自己已經死了的『自覺』，他會繼續用平常的行為模式在附近走動。」
「那第二次進入，為什麼會看到？」
「你不是說你是闖入的。」
「對。」
「『闖入』是非自然的規則，既然不是『自然』的定律，屋主當然不會用既定的方式出來見人，你所看到的，就會是一個死人。」
皇甫洛雲點頭，咀嚼著連殷鳴這席話。
連殷鳴收回看著周圍的目光，聳肩又說：「菜鳥，我們去隔壁。」
「為什麼？」
「這裡好像被人動了手腳，看不出所以然來，我們先去隔壁。」
皇甫洛雲聞言，納悶地看向連殷鳴。
屋子被動手腳？他怎麼看不出來。
「菜鳥，我問你。你是一個人來到這裡的？」
連殷鳴不認為皇甫洛雲一個人可以做到這樣。
畢竟一個大外行的，怎麼可能在這麼短的時間調查兩間屋子？
不，就算是內行的，也不會想到要先去找隔壁屋主問話，而是在自己理應要調查的鬼屋裡撈線索。
「是、是我一個人沒有錯。」

皇甫洛雲嚇到了，他差點舌頭打結，說出來的話有點卡住。

「哦，不錯。」

緩緩地，連殷鳴收回目光。

——看來，是有幫手的。

連殷鳴抬起手，抓住皇甫洛雲的後領，趁他愣住時，不著痕跡地在他的後頸下了記號，接著便抓著他，來到隔壁棟，屬於屋主的房子。

「你你你你你——」

皇甫洛雲緊張到連一句話都無法完整說好。

他們就這樣進去隔壁棟啦！

隔壁不是有警察嗎？

「別一直『你』了，這很難看。」

連殷鳴受不了皇甫洛雲壓低卻又尖細的叫聲，這次他並沒有叫皇甫洛雲安靜閉嘴，僅是抬起手，手指在空氣畫了幾下，再朝皇甫洛雲點去。

瞬間，他的喉嚨像是被掐住似的，無法發出聲音。

「昨天應該要這麼做，這樣就安靜多了。」

聽著連殷鳴那發自內心的評語，讓皇甫洛雲超想把自己敲昏。

這個人真的太過分了，動不動拿槍威脅他不說，還會用怪手勢莫名地讓他閉嘴。

瞧皇甫洛雲瞪圓著眼，死瞅著自己，連殷鳴有點受不了地嘆氣說道：「用簡單易懂的說法，這是法術，等等術的效力過了，你就可以說話了。」

連殷鳴打量著周圍，他們現在身處在房間之內。

朝窗戶望去，遠眺窗外，他們的位置在二樓。

屋主是死在玄關，去一樓找屋主的魂會比較好。

連殷鳴想到這裡，便朝門口的方向走去，他抬起手，手還沒觸到手把，他的大衣就被人扯住。

回過頭，拉住他的人是皇甫洛雲。

他認真地看著連殷鳴，用力搖頭。

「幹嘛，菜鳥。」連殷鳴不滿自己的行動被人打住，不悅地瞪了皇甫洛雲一眼，「你是擔心會被警察發現？真是這樣那你也太杞人憂天了。」

皇甫洛雲先是一愣，後搖頭，他張唇，說出無聲的話語。

連殷鳴皺眉看著皇甫洛雲，起先只是冷冷哼聲，聽到後面，斂起那抹譏諷的笑，神情也越來越認真。

當皇甫洛雲閉上嘴，連殷鳴點頭說：「是這麼說沒有錯，但直接去一樓會比較好，畢竟那是死者的『滯留地』。」

皇甫洛雲眨了眨眼，完全不懂連殷鳴說的話。

他一直擔心去樓下會跟警察撞見，不然他也不會提議要連殷鳴直接在這個房間找屋主的靈魂。雖然他對這類知識完全是零，但劉昶瑾這兩天跟他說的，他可沒有忘記，自然可以拿那些現成的知識賣弄一下。

「你應該聽過，死者若是死不瞑目，會在自己死亡的地方逗留吧？」

皇甫洛雲點頭，這個基本過頭的基本常識，他當然懂。

「自然死亡之人是不會有怨的，因為他們不是含恨而終。但相反地，如果求生意志強，但最終的結果依然逃離不了死亡的命運，他們那想要活著的『怨』會積在魂的身上。魂累積的怨小，我們可以直接用戒珠取出。」

皇甫洛雲用力點頭，這裡他還是聽得懂。

「回到剛才說的，有怨，魂才會滯留。無法達到逗留死亡地的標準，就算我們站在這裡『招魂』也只是白忙一場。」

皇甫洛雲聽到這裡，瞠圓了眼，連殷鳴勾唇笑著重複說道：「對，我們要招魂，要招這屋主之魂。」

確認了連殷鳴的話語，這讓皇甫洛雲忍不住皺起了眉，若是如此，那他們就算到一樓招屋主的魂，真的可以找出屋主嗎？

「錯了，菜鳥。」連殷鳴注意到皇甫洛雲眸中瞬間閃過的不信任神色，勾唇冷笑，「你是不是忘記我們是陰曹的機關？」

連殷鳴抬起手，露出左手背上的六瓣花印記。

這動作彷彿在告訴皇甫洛雲，有這枚六瓣花印記加持，所有的魂都無所遁形！

皇甫洛雲聽著連殷鳴這席話，納悶地看著手上的印記。

這印記真的這麼好用？他怎麼不知道。

看著皇甫洛雲那依然不相信的神色，連殷鳴挑眉，嗤了一聲。

「哼，不然，就讓你見識見識？菜鳥。」

連殷鳴滿懷著要讓皇甫洛雲瞧瞧花印記功用的想法，帶著他到一樓。

一準備踏下階梯，皇甫洛雲便看到一名警察在裡面整理自己帶來的器具。

皇甫洛雲看到警察的瞬間反應便是要抓著連殷鳴一起往回跑，躲回房間裡，等候房子淨空，安全了再出去。

但皇甫洛雲沒想到連殷鳴阻擋自己的餘下動作，並很順手地揪著他的後領，不讓他真的跑回房間。

正當皇甫洛雲死命的掙扎，連殷鳴不耐煩的嘖聲，手一使力，將他朝樓梯下方扔去。霎時，他只感覺自己飛起來了，接著，強烈的下墜感充斥在心頭。

——要掉下去了。

原以為自己死定了，一股拉力猛地將他拉起，不讓他直接墜下，托著他的身體，「咚」地一聲，輕輕碰著地板。

面對這突來的事態，皇甫洛雲不斷地眨著眼，錯愕地看著天花板。

挪動頭部，他倒看著站在樓梯口的連殷鳴，那名扔他出去的凶手勾起唇，眸中盡是笑意。

「笑什麼笑！」皇甫洛雲怒不可遏地說。

接著皇甫洛雲恨恨跳起，挽起袖子，打算鼓起勇氣沒大沒小地打人。

但皇甫洛雲沒想到連殷鳴噙著笑，抬手朝他的方向點去。

他下意識地回過頭，看到警察朝他那裡走來嚇得跳到旁邊，但這麼做也來不及了，警察已經看到了他，他會被抓——

但意外的事發生了，警察沒有出聲喝問他怎麼進來的，彷彿周圍一個人都沒有，僅有他一人在這屋裡走動，他直接走到大門，將門打開，走了出去。

皇甫洛雲錯愕地看著瀟灑離開的警察。

「等一下，這樣是對的嗎？」皇甫洛雲詫異地吐出嗓音。

喂，這裡有非法闖入的人呀！警察杯杯不來抓他嗎？

就算自己的內心無限吐槽，但警察完全沒有理會。

皇甫洛雲的目光無法從關上的門抽離，心底依然在警察沒有注意到這個問題打轉。

連殷鳴慢悠悠地走到皇甫洛雲身旁，把他拉到門口。

「菜鳥別發呆了，我們該做正事了。」

連殷鳴說完，抬起左手，手背上的六瓣花印記，屬於白色的印記泛起黑色的光點，黑色的印記則是溢出白色的點，落入地面。

地面的白光沒有消失，連殷鳴揮著手，地上的白光累積得越來越多，他抬起右手，蓋住印記的所在，手挪移，牽扯出六條黑色絲線。

連殷鳴用力地朝旁一扯，絲線蔓延，右手反手抓住線，應聲扯斷絲線。

牽連著左手印記的絲線自動朝地板上的白光刺去，連殷鳴再做出拉扯的動作，皇甫洛雲看到一名老人被這樣的動作從地面聚攏的白光中扯出。

六條黑色絲線，四條牽動四肢掌心、一條刺入天靈，最後一條則是在心口。

老人宛如牽線人偶一般，除去絲線部分，就與活人一樣重現在眼前。

連殷鳴瞅了老人一眼，同時也對完全呆在原地的皇甫洛雲投以得意的微笑。

「菜鳥別發呆呀！精彩的還在後頭呢！」

連殷鳴說完，拉起頭部的絲線，老人的頭抬起，像是被賦予了生命一樣，他顫動著身軀，約過數秒，顫抖停止，老人的目光透出精光，沒有方才那出來時，有如死水一般，靜止呆滯的眼神。

「活、活著的？」

見到拉起的人宛如活人一般，皇甫洛雲喃喃吐出話語，下意識地揉了揉自己的眼睛，深深懷疑自己是不是眼睛花了，看到幻覺。

連殷鳴沒有注意到皇甫洛雲這近乎自欺欺人的動作，他的注意力都在老人身上。

老人左顧右盼，像是不明白自己為什麼會出現在這個地方，又或者是納悶自己的眼前怎麼多出了兩個人。

連殷鳴望向老人，張唇，吐出唇音。

「你已經死了。」

老人甫一聽聞連殷鳴這席話，老人先是愣住，後大喊：「滾出去！你們這些小鬼瞎說什麼！」

面對惱羞成怒的老人，連殷鳴挑眉，輕拉著絲線，頭頂的線向上一拉，老人的目光變得呆滯。

「你做了什麼？」

上一秒還怒氣沖沖，看似精神抖擻的老人，下一秒就像是被人控制似的，雙目呆滯，肩膀垂下，狀似被頭上的絲線拉扯，整個身體要倒不倒的。

「你在做什麼！」皇甫洛雲驚嚇說道。

持線的左手微動，像是在控制絲線，連殷鳴冷冷回道：「太聒噪，讓他閉嘴再說。」

——這根本是在欺負老人家。

皇甫洛雲抽了抽嘴角，實在很難鼓起勇氣質問這位同事。

「回答我的問題。」連殷鳴看著老人，口中吐出不允許對方說出不的口吻，「告訴我，隔壁的……你的兒子究竟是怎麼死的？」

「掉下去的。」老人呆滯回道。

「掉去那裡？」

「他掉下樓梯，身體都沒有動，胸口插著那把刀，血就這樣流了出來……他就這樣死了。」

連殷鳴聽著老人這席話，感覺不太對勁，又問：「他為什麼會掉下去？」

「是我推的。」老人發出詭異的發言。

這跟他知道的情節不一樣。

連殷鳴也注意到內容的變化，繼續問著老人。

「為什麼？」

「毒癮戒不了，發作的時候他好恐怖、好恐怖，這樣的人不是我的兒子，他不是。」

老人那本來無神的雙眼，透出了一絲光彩，那是紅色的眸光。

「嘖，怨增加了？」

連殷鳴彈舌，訝異這突然改變的事態發展。

同時，這也代表他探索到重點了。

所以，連殷鳴不打算停住，繼續發問。

「所以，你做了什麼？又或者，他對你做了什麼？」

「我好怕，好怕他有一天會殺了我，他拿走我剩下的一切，我就什麼都沒了。唯一的兒子也被吸毒毀了，毒真的害死了他，他敗光了我的所有存款，他也嫌不夠，最後他要的就是我最後僅存的房子，這說什麼也不能被他奪走！」老人說到這裡，大聲吼著道。

皇甫洛雲感覺到空氣在震盪，周圍的空間隨著老人的情緒，隱隱出現些微的變化。

見到這般狀況，皇甫洛雲心中那抹不妙的預感越來越熾烈。

只是連殷鳴不打算鬆手，抬起空著的手，暗自操控著老人。

似乎是想要藉著這樣的控制方式，阻擋老人可能的攻擊動作。

「所以我趁他不注意時，將他推了下去……還好我有推。他手上有刀，刀就這樣刺上他的心臟，隔壁都知道我跟他爭執，也知道他是多麼的不孝，再加上刀是他拿的，並不是我，不會有人怪罪到我身上，他們只會認為我好可憐好可憐，有這樣的不孝子。」

聽著老人訴說的真相，連殷鳴又覺得不妥，對他做了個後退手勢。

見到這不妙事態，不用連殷鳴提醒，他已經後退了。

「隔壁呢？房客呢？」

「我不知道他死不瞑目呀！更沒想到，人死了之後居然清醒了。這真的讓我超意外。每到晚上，他像活著一樣，在我的耳邊一直說著：『爸，我好痛、好痛，為什麼你要推我呢？

我又沒有做錯什麼，為什麼你要殺我呢？』一直念一直念，聲音一直無法從我的腦海去除，他的聲音一直在我的腦袋裡，連睡覺都不能安寧。他死了，又能怎麼樣？這些都要怪他，為什麼要怪我？」

扭曲了。

連殷鳴皺眉，一切的因果都扭曲歪斜了。

因為老人的爆發出來的怨恨，周圍的黑暗越來越深，空間的扭曲更是嚴重。

「我受不了受不了了！」

老人情緒崩潰，抱頭大喊。

「不想聽到他的聲音、不想聽、不想聽！剛好隔壁要搬了，我就順勢住過去，讓那裡給人租。但那小子卻要與我作對，一直想要把真相說出去，他想要報復我、又想要搶那屋子。還好，那些人壓根都不想聽他說話，全都跑了，他們也沒跟我討錢，我就順理成章的收下。」

「是嗎，謝謝你的配合，你可以走了。」

冷冷地，連殷鳴揚起左手，準備要將左手絲線切掉。

抱著頭，頭微低的老人猛地抬起頭，發出怒喝聲。

「我不甘心、不甘心、不甘心！為什麼我會死！我又沒有做出什麼傷天害理之事，為什麼我會死！」

老人說到後面，幾乎是用吼的，雙目被紅色充斥，嘴巴大大張起，發出如狼嚎一般的鬼哭聲，他抬起手，想要抓住連殷鳴。

而連殷鳴手中黑色的絲線色澤越來越深，連殷鳴見狀，立即切斷左手的六條黑色絲線，順手將左手探入口袋，拿出黑色的槍，眼睛眨也沒眨，扣下扳機，一陣「咻」音劃過，老人的身軀變成黑煙，朝一處灌入，黑煙消失，接著傳來的就是物體落地的聲音。

連殷鳴蹲下身，手勾起，一顆黑色的圓珠從遠處，滾回連殷鳴的手裡。

他眨了眨眼，看著那漆黑如深夜寶石的珠子。

那是填滿「怨」的戒珠。

老人之魂，充滿了名為「怨」的執念。

而現在被戒珠封印收起。

「嗯嗯。還真的是……我都叫你別亂開口了，你還故意去惹自家同事生氣。」

次日，皇甫洛雲頭靠在桌上，悶悶地看著正在吃早餐的「顧問」。

「……你除了損我之外，就沒有其他話可以說了嗎？」

皇甫洛雲很想要仰天長嘆，但想到是他自己明知故犯，他也不能怨誰。

「同事讓你見識六瓣花印記的用法，見到後，你的想法如何？」

瞬間，皇甫洛雲的頭繼續在桌上挪動，方才是左臉頰貼桌子，現在轉成右臉頰。

「我看不懂。」皇甫洛雲誠實地說出評價。「而且我不懂，明明有警察在，為什麼他看不到我們？」

「這部分，等你懂了我再與你說吧！」這一次劉昶瑾不想要直接幫皇甫洛雲解答，選擇打啞謎。

「小氣鬼！」皇甫洛雲生氣說道：「而且我的同事超級過分，居然打擊死掉的老人家。」

皇甫洛雲控訴連殷鳴的不良行為，直到今天皇甫洛雲一直忘不掉老人聽到這席話，當場傻眼的神情。

「是事實呀。」劉袓瑾悠然自得地說，「不然你要他跟那位老人說啥？『你還活著，我們是闖入你家的賊人，我想要問你問題，可以請你回答嗎？』若是這樣說，對方更想要將你們轟出去吧？」

「說、說得也是，但也不需要這麼坦白嘛。」

皇甫洛雲被堵得不知道該怎麼回覆劉袓瑾，他只知道當時老人的模樣很可憐。

「皇甫，同情心留給活人，不要放在死人身上。」劉袓瑾拿起豆漿，啜飲一口，淡淡說道：「他已經死了，但不知道自己已死，而遊蕩在這世間。你的同事早早讓他知道『現實』，放著他離開這個人世，這樣對他來說是好事，並不是壞處。」

「我知道啦！」

雖說是事實，皇甫洛雲的心底還是認為人們不應該戳破別人所認知的美好。

陸・爺爺的記憶

「阿昶……」看著還在吃早餐的同學，皇甫洛雲還是問了一個自己很想要詢問的疑問，「老人一開始很正常的，為什麼會變成那樣？」

「你的同事問到了關鍵吧。」劉昶瑾輕聲說道：「死者本來就不知道自己已死，怨雖小，但不會很嚴重，但當他提到老人死了、又對他詢問凶宅的事，他不炸開那還真的要說那個鬼的脾氣很好呢。」

「所以我們不應該問？還有為什麼他沒有攻擊我們？」

雖然方才差點有要掐到連殷鳴，皇甫洛雲判斷自己一旦說出這句話，鐵定會被連殷鳴揍。再說，老人被連殷鳴問到殺心大起，皇甫洛雲知道他們對老人而言，是侵門踏戶又亂說自己掛點的人，他到最後都沒有什麼動作，頂多是被連殷鳴收的時候有掙扎而已。

這個疑惑這對皇甫洛雲而言，無疑是個超級大問號。

「不，還是要問。」淡淡地，劉昶瑾瞟了皇甫洛雲一眼，回答了他第一個問題，「怨是會累積，如果魂憶不起自己的生前，在陽世遊蕩，當他被你們發現，將他帶下去，讓他接受陰間的審判，到時他一定會想起自己的前世因果，下面一定會審判他的過錯，有怨在身，沒有辦法即時去除，若是怨強到無法及時宣洩，他最後的下場必定是去地獄，到時他就是真的完蛋了呢！」

然後，劉昶瑾又說：「皇甫，你訝異老人為什麼自始至終都沒有攻擊你們，那是因為他的魂被你的同事操控著。還有一件事提醒你一下，老人的怨念被激發出來，而你同事依然沒有什麼事，還可以直接將魂送走，這代表你的同事不是什麼簡單角色，他很擅長處理這種事。」

「……」皇甫洛雲頓時無語，假裝沒有聽到劉昶瑾這席話，問點其他事，「我還想問問，老人他也被收到戒珠裡嗎？」

他看到老人被連殷鳴打成煙霧，被吸入戒珠之中。

當時連殷鳴就先對皇甫洛雲宣告本日工作暫時結束，逕自解散。但他對於那消失的老人，還是有些在意。

「戒珠雖然在陰曹的用法是收魂，但在陽間只有收『怨』的功用，皇甫。所以，他的魂被送入陰曹地府了。」劉昶瑾抬起手，抓住皇甫洛雲的左手，將手背翻上，看著皇甫洛雲手上的六瓣花印記，低聲說道：「陰曹的印記，同時也是引導魂回歸陰曹的印記。你的同事用戒珠收去魂怨同時，他也將魂送回陰曹，讓他接受審判。」

「這樣呀。」皇甫洛雲抽回手，搔搔臉頰，乾笑道：「我還以為他就這樣魂飛魄散，消失了呢。」

「幫你增加一點基本知識。」劉昶瑾拿起筷子，夾掉皇甫洛雲的蛋餅，將它嚥下後，淡淡說道：「有著六瓣花印記之人，雖是陰曹的陽間代表，但他們不能殺魂。」

皇甫洛雲直接對劉昶瑾投了一記疑問眼神，劉昶瑾再一次重複說道。

「你可以把印記當成身分證的一種，那是活生生地攤在下界之上的紀錄。一旦殺了魂，那麼，你們身上的印記會自動記住你們的作為，輕者，在你死後會跟你總清算，重者，一旦犯下，靈魂會受到印記的牽引，立即被扯入陰曹，接受下界的審判。」

此話一出，皇甫洛雲這回真的是無語問蒼天到極點。

怎麼不管他怎麼看，都覺得當冥使事務所的員工是一件非常划不來的交易？

他可不希望自己一個不小心，就把小命送到陰曹地府的手上。

「皇甫，你別太擔心，小心謹慎就好。」

「我怕我哪一天用戒珠會用出人命呀。」皇甫洛雲抱頭道。

「戒珠在陽間只有收取魂之怨念的功用，沒有其他用途。你只要記住這一點就好了，不需要擔心其他有的沒的。」

皇甫洛雲看著持續替自己解答的同學，訥訥問道：「可是我不知道要怎麼用呀，挺擔心我一用，就會把那個魂吸乾，如果這樣害他魂飛魄散，那該怎麼辦？」

他可沒有忘記老人化成煙霧的模樣，當時他真的以為老人掛定了。

「除非是窮凶惡極之徒，怨已經深入魂裡，無法完整拔除，若是拔除，還有可能傷到魂底，嚴重者，必定會魂飛魄散。」

「呃！」

皇甫洛雲囧了，這樣要他怎麼放寬心跟同事捉魂收怨呀！

「皇甫，你不需要擔心，真是遇到這種狀況，他們也不會讓你這個大菜鳥上場，因為他們發現戒珠對魂幾乎無效時，就會用另外的手段處理。」

「你……」

皇甫洛雲困窘抖指，劉袓瑾居然在調侃他！

接著，皇甫洛雲立刻拉起劉袓瑾，直接走出早餐店。

面對到嘴又吃到一半的早餐就這樣飛了，劉袓瑾不滿抗議，「皇甫，我還沒吃飽！」

「誰理你吃不吃飽。」皇甫洛雲怒不可遏地說。

「唉，聽不慣實話的人。」饒是如此，劉袓瑾還是沒有忘記他跟皇甫洛雲之間的協議，「今天的諮詢費只有一半呢。」

殺手鐧一出，皇甫洛雲當場呆住。

「皇甫，諮詢費沒付完，等會你有問題，你就不能問我了。」劉袓瑾惋惜說道。

瞬間，皇甫洛雲晴天霹靂。

「……阿袓，別太超過。」

有鑑於幾天下來，光是在餐費上，自己的錢都快要被劉袓瑾吃到見底了，皇甫洛雲也不想要繼續與他客氣。

「沒有超過。」輕輕挑眉，劉袓瑾無所謂地說：「套一句我爸說過的話，有得必有失，很多人都認為我們必須無償地運用我們的天賦回饋於人們，卻不知，有很多事並不是人們能夠干涉的。當我們在無償地幫助別人時，自己必須要承受幫助者的惡果，所以才會用金錢、或是用代價方式，來遮蔽住幫助後的惡果。」

皇甫洛雲傻在原地。

他該說這是歪理嗎？不是有一句話是助人為快樂之本？劉袓瑾根本就是變相的壓榨他。

「可是，外面不是常常有說……」

「你說神棍什麼的？」劉袓瑾嗤了一聲，冷言道：「得到那些超過自己應該要收的限度，他們的惡報也會來，只是時間未到罷了。」

皇甫洛雲聽到這裡，心中甚是猶豫，想了很久，嘆氣道：「好吧，我去便利超商買麵包。」

猶豫許久，皇甫洛雲妥協了。

劉昶瑾聞言，雙眼綻出開心的光芒，拉住皇甫洛雲，指回豆漿店，「不用去便利商店，豆漿店比較便宜。」

猛地，皇甫洛雲頓住腳步，吃東西也要挑地點。

「阿昶，不要太超過呀！」

皇甫洛雲想要哀號了。

「不是我太超過，而是第一回的諮詢費就是在豆漿店啊。」

皇甫洛雲嘆起了，只好跟著劉昶瑾一起回到豆漿店，讓他結算完這一筆諮詢費。

冥使事務所內，抑鬱的氣氛席捲整間辦公室，柳逢時笑看著連殷鳴，但這回連殷鳴不是站著，而是拉著一張椅子，坐在椅子上，眸中透出困惑神色，不發一語地抿緊著唇，思考著事情。

「嗚，想不通什麼事可以跟我說，不需要拉椅子到這邊，擺臉色給我看。」

「我沒有。」連殷鳴白了柳逢時一眼，沒好氣地說，「我只是覺得很納悶，既然雙方都是加害人，委託人的目的是什麼？」

柳逢時笑笑地打開中間抽屜，拿出一面圓鏡，鏡子正反面都可以照物，只是柳逢時拿著鏡子，笑望著鏡子，鏡面卻沒有映出他的影像。

他反手一翻，將鏡面轉向連殷鳴，鏡身浮現出一道血色的字——

儘快完成此項任務。

「被催了呢。」

笑笑地收回鏡子，柳逢時看著臉色變得更加凝重的連殷鳴。

「……下面怎麼在催這件事？」

「我不知道，不過我只知道一點。」柳逢時淡笑說道：「就是希望我們處理這項委託的人，和下面的人有交情。」

「交情好到逼我們快點解決？這算什麼委託人。」連殷鳴冷然說道：「柳，需要調查委託人嗎？」

「我好像沒有告訴你們，這次的任務是下面給的。」

「簡單來說，這次是無償工作嗎？」

瞬間，連殷鳴沒有了工作動力，似乎是想要跟下面拚拚誰的耐心夠強。

「鳴，你就是因為這樣所以下面才這麼討厭你。」

「我跟你這個爛好人不一樣，我可是實事求是的類型，對於只希望我們無償相助，想要靠關係不支付半毛錢的人，我都只想要開槍打他們，看看他們的心有多黑。」

「鳴，你不做，別人也會做。」柳逢時嘆氣道：「你願意幫助一名不認識的活人，為什麼不肯好好地處理下面所給的委託工作？」

「因為我不爽！」連殷鳴立即起身，擺手又說：「這次的委託根本就廢了，凶宅的惡靈失蹤，隔壁的屋主也到下界了，如果找不到其他的相關線索，這任務根本無法完成。」

手敲著桌面，柳逢時也陷入了沉思。

「好吧，宓兒在下面，請她去問問。」

「如果那女人不行呢？」連殷鳴不悅地說。

「等到連宓兒也無能為力，那就我去了。」笑笑地，柳逢時吐出威脅的話語，「到時候真不給我面子；我也不會讓他們得逞。」

「……我會替下面的人祈禱。」

瞬間，連殷鳴只有這個感想。

「嗚，昨天皇甫小弟應該沒有麻煩到你吧？」

「嗯？」見柳逢時突然轉了話題，連殷鳴措手不及，一時間還不知道他在說什麼，「哦，你說菜鳥呀。」

柳逢時輕輕點頭，「皇甫小弟應該也進入狀況了，想聽聽你的看法。」

「鐵齒、囉唆多話、問題一大堆。」立即，連殷鳴又是一番數落聲。

「總是需要給新人一些習慣的時間呀。」

「我自認已經給他『很多』時間習慣了。」連殷鳴一點也不想要跟柳逢時對話鬼打牆，「我還用最大的耐心限度教他基本功。」

「看得出來。」

柳逢時淺笑，說到底，連殷鳴只是看起來很不友善，實際上他還是願意教人的。

「只是……」連殷鳴手底的下巴，又陷入沉思。

「怎麼，皇甫小弟哪個部分讓你想不透？」

「菜鳥雖然持有印記，但他的眼睛根本就沒路用，啥鬼都沒看到。」

「還所以！沒有所以了！」連殷鳴有些火大，柳逢時根本就是故意的，「後來我幫他開了印記和眼睛，讓他可以像是一名正常陰世代理人的模樣！」

「既然問題解決了，那就沒問題了。」雙手一拍，柳逢時輕鬆說道。

「柳，總有一天你被人宰掉我也不意外。」

莫名地，連殷鳴吐出這句中肯的結論。

「真是如此，那也要怪我時運不濟兼實力差，居然這麼容易被人掛掉。」

「……」

連殷鳴突然覺得跟柳逢時說話是在浪費生命，手探入口袋，拿出一張黑色的符紙。

「嗯？追蹤符？」

「對。」連殷鳴沒有否認，說道：「感覺菜鳥有一個內行幫手，我需要知道是誰。」

「果然呢。」

柳逢時那無感的話音落下，連殷鳴的手霎時頓住。

「柳，你早就知道了？」

「皇甫小弟的行為很不合他的既定行動，早就猜出他有幫手。」

「你沒問他？」

連殷鳴傻眼了，若是一個用不好，皇甫洛雲可能會把他們柳分部的祕密洩漏出去，危害到柳分部。而柳逢時知道了，居然不在意，還放任皇甫洛雲繼續行動。

「目前沒出事就好了。」

「我看是你巴不得分部出事！」

臉抽了一下，連殷鳴真的覺得他進入這間柳分部是個錯誤，因為這裡有一個不確定因子——分部長柳逢時。

「皇甫小弟那邊你可以不用急，若是小弟諮詢者有所動作，皇甫小弟不可能不知道。」

「你的意思是，對方目前是屬於良善的一方，專門幫菜鳥解決疑難雜症？柳，你真的以為事情有這麼簡單？這個人世的人根本不熟我們這一塊，他們都是不懂裝懂，用他們自己的方式理解我們。若是了解，一定是與我們有所牽扯之人。」

「說不準是以前委託過我們的對象呢。」

「……柳，你是不是忘記了，一委託我們，委託人就會忘記自己有來到這裡，就連支付委託代價的薪資，也是任務結束的同時，自動送到這裡。你這假設根本無法成立！」

「那就當作是內部關係人不就好了？」柳逢時粲然一笑，手肘支在桌面上，下巴靠在手背上，輕鬆說道。

「既是如此，那更不能縱放。」

「要抓，也要等這任務結束。」柳逢時輕聲說道：「以現階段而言，他的存在對皇甫小弟是有利，而不是禍害。」

「你想要利用那個人增加菜鳥對分部的向心力？柳，你瘋了不成！」

這一次，連殷鳴真的被柳逢時的行為嚇到了。

「我沒瘋，我的腦袋清楚得很。」柳逢時神情悠然地說道，「皇甫小弟需要一個推手幫助他。他什麼都不懂，什麼都不知道，對於自己來到這個陌生的工作環境已經夠慌了，他需要一個可以協助他，幫助他解答之人。」

「這種事，我們分部自己來就好。」連殷鳴鐵青著臉說道。

「不，你錯了，鳴。扮演那個角色的人不是你、也不是我，也不會是宓兒，而會是皇甫小弟發自內心所信賴之人，就只有他能夠讓皇甫小弟敞開心房，願意讓他相信，坦然地將一切道出。我們必須要經由這個方式，讓皇甫小弟真正覺得，做這份工作不是被坑，而是有意義的。」

「就算那個人最後可能危害到分部？」

「鳴，你太敏感了。」柳逢時搖頭說，「別一直以為每個知情者都是想要危害分部的人，好嗎？」

「那也是你太過信任他人。」

連殷鳴說完，用力甩手離開。

看著連殷鳴憤恨地走出辦公室，緩緩地閉上雙眼，然後睜開。

「唉，跑去追皇甫小弟了？」

拿出中間抽屜的鏡子，柳逢時將鏡子抛出，鏡面自動投射出影像，上面顯示出皇甫洛雲的模樣。

柳逢時眨了眨眼，用著莫名的嗓音輕聲說道：「希望不會被鳴抓到小辮子呀，我說是不？皇甫小弟。」

請完了早餐，劉昶瑾「貼心」地讓皇甫洛雲先回家休息，諮詢什麼的就等中午過後再說。

皇甫洛雲怎麼可能猜不透劉昶瑾的心思，他八成是想要省掉中午伙食費，故意先留下肚子，到時中午就又可以飽餐一頓。

回到家裡，皇甫洛雲來到自己的房間，啪地直接倒床。

霎時，腦袋瞬間當機，陷入了沉沉的睡眠之中。

不知道過了多久，皇甫洛雲睜開眼，爬起來看著床頭時鐘，揉了揉眼，看著不知何時來到下午的時間。

糟糕，他忘記去找劉昶瑾了。

立刻，皇甫洛雲衝出房間，直奔門口，只是他跑到一半就被另一處地方莫名吸引住。

那是地下室。

不自覺地轉過身，皇甫洛雲抬起腳步，往地下室走了進去。

踏入地下室，門瞬間砰地關上，對於這驟然巨響，皇甫洛雲一點也不放在心上。

他的心思、他的目光，都在那最深處小房間內。

手抬起，將門推開，眼前的視線霎時暗下，陷入了黑暗之中——

皇甫洛雲突然感覺自己的身體在飄盪，彷彿沒有實體。他昏沉沉地飄著，然後，猛地身體受到一股炸開般的衝擊，他又感覺到自己持有身體的實感，只是，這身體並不是他的，他好像藉著什麼人的眼睛，看著前方之物。

那是一柄雪白色的鐮刀，刀柄與刀身一樣長，摺疊起來，置放在一個打開的雕花木盒裡。

「這個東西就拜託您了。」順著聲音望去，那裡應該要有個人，他卻看不到人影，只有道模糊的黑色身影，對方對著「某個人」鞠躬又說：「實在是很抱歉，這東西一直找不到適合守護它的人，沒辦法之下，也只能請您幫我們收留這個東西。」

「是嗎，這東西真的沒有人能夠管理？」

「某個人」開口了，唇中透出困惑的嗓音，對於那樣的「物品」擺放在這個地方，「某個人」心底還是很不踏實。

皇甫洛雲聽到「某個人」的聲音，內心震驚到難以言語。

雖然「某個人」的嗓音很年輕，但只要沙啞幾分，那是自己爺爺的聲音。

他現在是在看爺爺的記憶？

為什麼他可以看到死去爺爺過去的影像，為什麼是用這樣的方式讓他看到過去？

而且所看到的物品還是那一把雪白色的鐮刀。

是鐮刀有什麼訊息想要告訴他嗎？

從他進入柳分部到現在，都不太想再次回想起這把雪色鐮刀，至今他心底還是認為，會進入柳分部，遇上柳逢時，都是因為這鐮刀的緣故。

正當皇甫洛雲內心思緒處於複雜狀態時，「那道黑影」——也就是爺爺所談話的對象——開口了。

「這是『下面』的意思。皇甫先生，『下面』討論的結果出來了，他們決定把這東西交給你保管——直到下一位屬於『它』的主人出現為止。」

「這……」爺爺猶豫了，「我這地方真的沒辦法收留『它』，畢竟我這地方沒有你們那樣的收留措施，如果這東西被偷走了，我也沒辦法賠你們。」

思量許久，爺爺還是決定放手退還那樣的物品。

「請您別這樣！」黑影緊張了，趕緊解釋說道，「關於這一點，請您不要擔心，我們會做好防護準備，不會給您添麻煩的。」

「可是……」

就算對方如此的保證，爺爺還是很猶豫，畢竟那把鐮刀是陰曹地府的物品，就算他們一開始與他保證絕對不會有問題。若是物品真的遺失了，陰曹之人記憶突然喪失，跟他總清算，把所有的過錯都推到他的頭上，最後吃虧的也只有他，若是這樣，那豈不是得不償失。

「請別再可是了，皇甫先生！這真的除了您，下面就找不到適合的人選了。」

黑影衝向前，想要抓住爺爺的手，但他伸出的黑色之手卻頻頻落空，一直穿過爺爺的手。

爺爺苦笑收手，抱歉說道：「這真的很不保險。」

「簽約也可以。」黑影心一橫，咬牙說道：「下面的人願意跟您簽約，雙方協議物品寄放絕不干擾您，若是遺失，責任歸屬都會在下面，不會在您身上。」

爺爺呆然地望向黑影。

他有沒有聽錯？這些人是多麼希望他可以收下？

人世裡的有能人這麼多，他也只是個古董商，為什麼下界的人一直要他收下。

「皇甫先生，您的信譽大家是有目共睹的，這東西放在下界、或是交給其他的人一點也不保險。我們決定將這件物品交予您，的的確確是有經過討論，並不是我自己個人獨斷決定，這絕對是大家口徑一致地希望這東西交給您保管。」

然後，黑影壓低嗓音，又說：

「皇甫先生，您也知道，若是沒有什麼特別原因，下界也不會堅持您收著那個東西。」黑影言下之意，他們亟欲想要請爺爺收存的物品，一定有什麼不可道出的特殊理由。

「我知道了。」

爺爺苦澀一笑，他沒想到自己也有被陰曹趕鴨子上架的機會。屬於下界的物品交給他保管……他何德何能，面對這項殊榮，他只會緊張。

「皇甫先生，契約請您簽下，然後，這東西就交給您了。」

抬起眼，爺爺的眼前自動浮現出一紙合約，上面的文字他看不懂，但爺爺似乎看得懂上頭的字跡。

皇甫洛雲看著爺爺的視線一行一行的掃過，輕嘆口氣。

「我知道了，既然你們願意做到這樣，我再不幫忙似乎也太過分了。」

「是的，很抱歉給您添麻煩。」黑影再一次鞠躬說道。

「那麼，請幫我跟柳問聲好。」

然後爺爺抬起手，隨手拿起刀子，劃破自己的拇指，朝契約按下。

契約完成，合約化成黑煙消失，而黑影也在這同時，沉入附近的影子之中，只剩下爺爺和那盒鐮刀。

爺爺瞅著鐮刀很久很久，最後，長長地嘆了口長氣。

「你叫做『霜』是吧？」

抬起手，爺爺輕輕地摸著刀柄，順著手勢，鐮刀傳來只有爺爺可以感受到的輕微振動。

「很抱歉，來我這裡只會被掩埋，不會被人注意。」

刀身又震了一下，似乎對這樣的結果很不滿意。

「等吧。就請你忍耐一點，在這裡等著吧！」

爺爺將盒子掩上，帶入一處漆黑的所在。

皇甫洛雲知道那是什麼地方，那是爺爺擺放廢棄古董的所在。

古董碰撞受損，只要是造成無可挽回的影響，這些古董都無法賣出。

爺爺都說那是古董的墳場，不會有人想要進去，因為那些東西就算被小偷偷了，也賣不出多少錢，因為那些高價位的東西都不值錢。

爺爺將盒子放在最底層，裡面有一個木箱子。

他小心翼翼地將雕花木盒放入木箱內，闔上瞬間，木箱的四個角落自動浮現出黃色的符紙。

封印貼上，雪白色的鐮刀暫且沉睡在這個不起眼的木箱之中。

然後，爺爺對著鐮刀多瞅了幾眼，輕輕地嘆了口長氣，走出暗房，並將門關上。

皇甫洛雲眨了眨眼，視線又回到自己的身上。

這是他的身體、他的眼睛，眼前的所在是他的家，而不是爺爺的古董店。

皇甫洛雲長吁口氣，面對突然看到的記憶，腦袋難以消化。

記憶裡，爺爺對著那黑影如此地說——『請幫我跟柳問聲好。』

爺爺口中的「柳」究竟是誰？

皇甫洛雲想到自己第一次碰觸到鐮刀，手被刀劃傷時，思緒被帶入柳分部之中，然後柳逢時對他打了聲招呼。

可是從記憶裡的聲音判斷，爺爺很年輕。而從他看柳逢時的模樣，應該不會超過二十五歲，不管他怎麼想，爺爺口中的「柳」年紀應該會與爺爺相仿才對，柳逢時一點也不像是和爺爺同年紀之人。

不知怎地，皇甫洛雲想到劉昶瑾說的，有些冥使事務所的分部是家族經營，所以分部的名字不會變動。

那麼，爺爺口中的「柳」，應該就是柳逢時的父親或是爺爺。

想到這裡，皇甫洛雲也終於釋懷了。

只是皇甫洛雲不懂，為什麼會在這時候看到爺爺的記憶？

輕輕地，皇甫洛雲走入地下室的最內側房間。

裡面的木箱依然擺放在裡面，皇甫洛雲抬起手，手指指腹觸著木箱，順著外緣挪動，然後，他停下動作，輕輕地將箱子打開。

裡面是那雕花木盒，皇甫洛雲將木盒打開，目光停在躺在裡面的雪白色的鐮刀。

「『霜』。」

輕輕地，皇甫洛雲的唇中溢出了鐮刀的名字。

耳畔邊傳來嗡嗡響聲，皇甫洛雲的雙眼霎時變得空洞，感覺不出任何的焦距。

他抬起手，緩緩地朝鐮刀伸去，正當他的手要碰觸到刀柄時，猛地，有人拍他的肩膀。

「菜鳥，你在幹嘛？」

瞬間，皇甫洛雲嚇得跳起，手嘩啦啦地迅速將木盒、木箱闔上。

「連、連殷鳴！」皇甫洛雲摀著胸口，心臟噗通噗通地狂跳，「人嚇人是會嚇死人，你是不知道嗎？」

說道一半，皇甫洛雲又改口說道：「不、等等，你怎麼來到這裡！」

這裡是他家，可不是什麼柳分部！

「走陰間路就好了。」抬起手，連殷鳴晃晃手指道，「菜鳥，轉過身。」

皇甫洛雲聞言，下意識轉過身。

連殷鳴抬起手，順手將下在皇甫洛雲後頸的記號抹除。

冰涼的觸感瞬間席捲腦後，皇甫洛雲驚叫道：「好冰——你做啥！」

「感覺後面有東西，看來是我的錯覺。」連殷鳴裝死說道。

皇甫洛雲手摀著後頸，雙目透出鄙視的眼神。

最好他的後腦袋有東西。

「你來我家做啥?晚上應該還沒到吧！」皇甫洛雲想了想，又說：「就算是怕我跑掉，現在也還沒晚上吧！」

「想要早一點去凶宅，就來找你了。」

連殷鳴不給皇甫洛雲說不的機會，作勢要伸手揪住他。

「等一下！」皇甫洛雲見狀，驚恐說道：「我家的人知道我在家！你是想要讓我鬧出什麼失蹤事件嗎？」

在自家家門裡消失得無影無蹤，不管皇甫洛雲怎麼想，事後他一定會被家人大卸八塊。

連殷鳴不耐嘖聲，「知道了，到外面等我。」

轉過身，正打算運用陰間路離開皇甫洛雲家，他的目光剛好放到地下室小房間的古董上頭，瞬間，他身體一頓，指著附近的鐵器。

「菜鳥，這些東西是誰的。」

「我家的。」下意識地，皇甫洛雲誠實說道。

「……你確定？」連殷鳴像是看到了什麼東西似地，指著周圍又說：「這些東西可不是一般家庭能夠取得的。」

「這些東西的確是我家的。」皇甫洛雲白了連殷鳴一眼說：「那些都是我爺爺遺留下來的古董，他以前是開古董店的。」

「哪一家？」

「呃，忘記名字了。」突然被問起店名，皇甫洛雲倒是真的不知道。

「這些東西都是你爺爺的？」

「是。」

皇甫洛雲不懂，連殷鳴為什麼突然問起他爺爺來了。

只見連殷鳴突然陷入沉思狀態，皇甫洛雲也不知道該如何提問。

須臾，連殷鳴終於開口，「菜鳥，你爺爺叫什麼名字？」

瞬間，皇甫洛雲的肩膀朝旁歪了一下。

天呀！這傢伙到底是怎樣！

「我姓皇甫，我爺爺當然也是姓皇甫！你是怎樣，想身家調查也不是這樣的調查法！」

不是皇甫洛雲不孝，不想念出爺爺的名字，而是從小到大，對爺爺都是「爺爺」這樣叫，他只知道爺爺姓皇甫，然後名字就不知道了。

「皇甫、古董店……」

連殷鳴又陷入自我的沉思狀態。

這一回思考了很久，大約過了兩三分鐘，他突然大喊。

「皇甫、原來是那個皇甫！」連殷鳴咬牙道：「柳這個混蛋……」

話音剛落，連殷鳴消失在皇甫洛雲的眼前。

他困惑地眨了眨眼，不明白連殷鳴為什麼突然消失，他不是說要帶自己去那間凶宅執行任務？

算了。

皇甫洛雲微微聳肩，既然連殷鳴自動不見，那他也不須要擔心自己過去後的狀況。

記得他今天還要去找劉昶瑾來著？

嗯，還是去好了。

方才看到的怪事應該要跟劉昶瑾說一聲。

不然他自己怎麼想，也想不出連殷鳴是為了什麼而發神經。

◌　◌　◌

這次是約在快炒店。

皇甫洛雲先等劉昶瑾點菜，看著他點滿了一桌菜，開始拿起白飯吃起來時，他才將自己所「看」到的一切全都說給劉昶瑾聽。

劉昶瑾沒有打岔，一邊吃，一邊聽著皇甫洛雲訴說的一切。

等到皇甫洛雲說完了他所看到的爺爺記憶，以及連殷鳴出現後，連殷鳴所說的、還有最後拋下的話語，全數都說完後，劉昶瑾這才停下挾菜的動作，晃著筷子，露出沉思的模樣。

「阿昶，是我同事有問題，還是我爺爺有問題？」

連殷鳴那些問句猶言在耳，皇甫洛雲內心還是很不相信他爺爺有問題。

「當然是你爺爺。」

果然，劉昶瑾這席話在皇甫洛雲的意料之中。

「……我爺爺是哪裡有問題？」哀莫大於心死，看來他會進入柳分部的主因便在爺爺身上。

「你看到的應該不是你爺爺的記憶。」劉昶瑾晃動筷子說道：「我想，那應該是鐮刀要給你看的記憶。」

「嗄？」

皇甫洛雲傻住，這是什麼理論？

「你一開始進入那間分部，不是懷疑鐮刀帶衰你？」

「是的。」

瞬間，皇甫洛雲想要替自己默哀一下。

「從你說的經過看來，你會遇到這些事，的確是鐮刀造成的。」

「為什麼？」皇甫洛雲不解。

聽到他這聲問句，劉昶瑾嗤笑道：「皇甫，你訴說你所『看』的事情時，沒有注意那些記憶想要告訴你的重點嗎？」

「注意到什麼？」

「——那把鐮刀是陰曹的東西。」淡淡地，劉昶瑾做出清楚的唇形，清晰地讓皇甫洛雲看見。

皇甫洛雲感覺自己的背脊一陣發涼。

這是什麼意思？

「皇甫，你爺爺的店現在是誰打理？」

皇甫洛雲不知道有沒有告訴劉昶瑾，搖頭說道：「沒了，爺爺的店收了。」

「所以就是後繼無人了？」

「是呀。」皇甫洛雲苦笑道：「因為沒有人想要做不會賺的工作嘛，我家的親戚只想要把那些古董便宜賣掉，要不是我爸手腳快，這些東西早就沒了。」

今天一早，家裡大人又去一趟老家，貌似爺爺頭七快到了，親戚決定聯手對付他家的父母，面對這般事態，父親也請假去老家應敵。

「賣了也沒用，你爺爺死了之後，那些東西統統都易主了。」

「換成誰？」

皇甫洛雲心底似乎知道答案，但還是問了。

劉昶瑾將筷子放桌上，抬起手，朝皇甫洛雲指去，並給予他肯定的答案。

「你。」

「我？」

反手指向自己，皇甫洛雲對於自己的猜測意外準確而感到驚訝。

「對。」劉昶瑾點頭說：「皇甫，你爺爺的店不可能後繼無人的。那是一定會有人傳承的店面，若是他膝下無子，也是會有繼承人繼承那間店。」

「就算是如此，那也應該不是我吧？」皇甫洛雲乾笑表示。

「皇甫，答案你心裡有數吧。」劉昶瑾看著擺明是在自欺欺人的皇甫洛雲說道：「不然你也不會問我。」

皇甫洛雲聞言，想到以前自己對爺爺說的話。

——爺爺，如果你擔心以後沒有人接你的工作，我也可以的唷！

——小雲是乖孩子，爺爺很開心呢！只可惜爺爺的店應該只會到爺爺這裡結束。

「……我以為那只是兒時戲言，爺爺不會當真。」

「血緣是最為重要的，若是子輩不願意承接，孫輩願意，自然也會留到你身上。」

「你知道我爺爺是開什麼古董店？」

饒是如此，皇甫洛雲還是想要垂死掙扎一下。

「你的同事是看到鐵器和古董才變了臉色，我想，你爺爺應該是作下面的生意。」

「怎樣的生意？」

「器具呀。」劉昶瑾笑著說道，「沒有抓鬼的器具，你要那些鬼差、還有陰世的代理人們該怎麼辦呢？」

皇甫洛雲想到連殷鳴手上的黑色裝飾槍。

「不是有戒珠？」

——以及柳逢時手中的珠子。

「你以為收怨只是扔出戒珠？他們沒告訴你器具的重要性？」

「有是有，但我沒有這樣的東西。」皇甫洛雲苦笑，看來他想要裝死，他的好同學還是會把刻意逃避的話題抓住，讓他回答。

唉唉，真是過分的同學。

皇甫洛雲內心哀嘆了一下。

「我想，他們也應該只是告訴你，器具是使用戒珠的道具吧。」劉袓瑾動動筷子，抬起筷子說道：「這是什麼？」

「筷子。」皇甫洛雲答。

然後，劉袓瑾將筷子伸向桌上的菜餚。

「那這一盤是什麼？」

「菜。」

接著，劉袓瑾動著筷子，將菜挾起。

「這是挾菜，皇甫我問你，如果沒有道具器皿，你要怎麼吃這些菜、盛這些菜？」

瞬間，皇甫洛雲不知道該如何回答。

「爺爺跟我說過，戒珠就好比是那桌上菜餚，承載戒珠的器具就是裝著菜的器皿、可以挾住並方便吃食菜餚的筷子。戒珠必須要靠著那些東西，才可以顯現出它的效果，不然在旁人的面前，那也只是別人垂手可得的普通透明圓珠而已。」

皇甫洛雲抬起左手，看著掛在左腕上的透明戒珠。

劉昶瑾有意無意，指著皇甫洛雲的左手戒珠道：「承載戒珠的器具不是隨便拿東西放著，就可以使用，能夠搭配戒珠的也只有古時的武器。」

提到古時武器，皇甫洛雲想到家中的鐵器古董。

「所以，我爺爺是負責賣武器給下界的商人？」

「噯，你這句話只會讓人誤會呀。」劉昶瑾將菜吃下，輕聲說道：「你的爺爺只是古董商，賣出去的器具也是古董，能夠傷鬼的物品，畢竟是有些歷史的玩意兒，那些現代製品不會傷到那些有怨之人。」

「為啥？」

連殷鳴手中的槍一點也不像是古董，而是一般常見的槍製品。

「不知道是不是現代製品公式化，機械製成的緣故，少了製作者對自己所製造物品，全心全意，鍛鍊進去的『魂』——也就是『精神』。少了魂的器具都無法發動戒珠，唯有古時製品不同，每一個都有鍛造者的意念存在，後來才會演變成需要承載戒珠器具要去古董店找。」

好個悲催的理由。

皇甫洛雲頓時替那些人默哀了一下。

「所以，我也應該要有器具了？」

皇甫洛雲下意識地摸了摸左手掛著的透明戒珠。

柳部長愛的契約書

立書人：冥使事務所　(以下稱甲方)
　　　　X讀者 (以下稱乙方)

雙方為確保閱讀忠誠事宜，訂立本契約，條款如下：

一、乙方同意自簽約日起，成為《備位冥使》(以下稱為本著作)的忠實讀者，本著作結束前不離不棄，絕對會死守下一集的出現。

二、乙方違反前項之約定時，甲方得向乙方請求協助收魂捉怨之業務作為損失與懲罰賠償。

三、本契約自簽約日生效。如有未盡事宜，全由甲方決定，僅須口頭告之，始生效力。

四、本契約如有爭訟，雙方同意以台灣台北城隍廟為第一審管轄法院。敗訴或有過失之一方應負擔他方一切損失賠償，包括牛頭馬面的交通費在內。

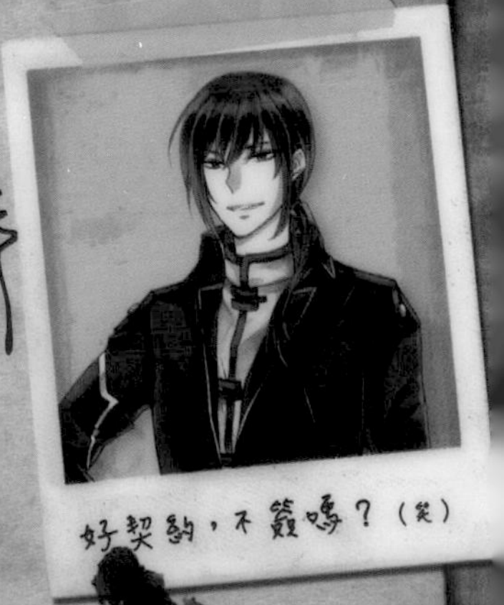

甲　方：冥使事務所　柳分部　柳逢時

代表人：柳逢時　　　　　簽章

地　址：某荒郊野嶺上的地府一號別墅

乙　方：X讀者　　　　　　簽章

地　址：普天之下，皆我存在。

電　話：XXXXXXXX

中　華　民　國　一〇二　年　五　月　十五　日

PS：如有雷同，純屬巧合

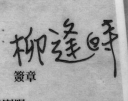

備位冥使
菜鳥，你想死嗎？
契約給我好好收著！

沒有器具，皇甫洛雲也不知道自己該如何使用。

「你有的。」劉昶瑾笑著回答。

「……分部長沒有給我。」

皇甫洛雲嘆氣了，柳逢時只是把他扔給連殷鳴，讓他教他一些基本知識和任務方法而已。

聽著皇甫洛雲這席話，劉昶瑾知道皇甫洛雲誤會他的意思了。

戒珠的器具不是很明顯嗎？

——就是那把雪白色的鐮刀。

器具是非常重要的物品，若是沒有達到持有的基本要求，器具也不會「響應」持有者，皇甫洛雲更是不會因為鐮刀而進入冥使事務所。

當然，柳逢時有提醒皇甫洛雲，但皇甫洛雲卻沒有放在心上。

劉昶瑾淡淡地看著皇甫洛雲，輕聲說道：「你的同事約你去凶宅？」

「是呀，他說要再查查看，只是他跑了。」

「他應該是去質問你的分部長了。」劉昶瑾起身，對皇甫洛雲說：「今天的餐點多了，我需要返還一些諮詢費。」

「嗯？」

「我們去凶宅，今天幫你搞定這件事。」

「可是我的同事……」

「他應該忙找你的分部長，我們可以先去查一點，然後你再等他來。」

皇甫洛雲點頭，起身跟著劉昶瑾離開。

「柳！菜鳥的來歷你為什麼不說清楚！」

連殷鳴直接來到柳分部的辦公室，雙手用力拍擊著桌面，冷聲說道。

「我沒有說嗎？」柳逢時看著怒到快冒煙的連殷鳴，笑著回應，「我應該有說過，他是皇甫小弟吧？」

「……這世界上有這麼多姓皇甫的，誰會知道他是『那一家』皇甫的人！」

「那也只能怪你腦袋不好。」柳逢時搖頭說道，「全世界裡，會跟陰曹有關係的『皇甫』也只有這一家呀。」

「如果你一開始說清楚，我就不會……」

「不會被古董嚇到？」柳逢時笑著說道，「就算告訴了你，你也不會對皇甫小弟改觀，反而會覺得皇甫小弟砸了皇甫家的招牌，讓皇甫家蒙羞。」

「皇甫家的招牌早就毀了。」冷冷地，連殷鳴嗤了一聲，「早在皇甫先生的兒子們不想承接他的事業，同時也發現他的孩子們都沒有那樣的資質，皇甫先生也早就放棄了。」

「店也是需要有人繼承的。」柳逢時說，「縱使親人無法繼承，也是會有另外的人選，不會讓他的事業就這樣結束。」

「你少唬人了。」連殷鳴冷冷地瞟了柳逢時一眼，「皇甫家的古董店早就垮得差不多，現在就是剩那一家店承接陰曹的業務。」

連殷鳴口中的「店」，正是柳逢時要他去拿重要物品的那家店。

店裡的主人現在所做的工作就與皇甫洛雲的爺爺一樣，專門承接冥界的業務。

「所以你要問我什麼？」

「菜鳥到底是為了什麼而來這裡，就算他家把古董都收到自己家裡，或許因為『繼承』關係，菜鳥是那些物品的持有主人，但你要知道，菜鳥他們家已經無法經營那樣的店，就算你把菜鳥留在這裡一點用處也沒有。」連殷鳴質問道。

其實連殷鳴已經很客氣了，對於皇甫洛雲那幾乎不懂，啥鬼都不想相信的模樣，他都很想要把皇甫洛雲攆到柳逢時的面前，要柳逢時解除皇甫洛雲的契約，洗掉他的相關記憶，就把他扔到外面，不要他再擾亂他們的步調。

「唉，你跟宓兒都一樣。」輕輕地，柳逢時嘆氣了，「為什麼都不聽清楚我說的話呢？」

「你哪一句話能聽，只要扯到菜鳥，你都是偏袒著他。」連殷鳴又問：「柳，你到底是多希望他可以成為我們的一分子。」

「提示。」柳逢時自知再掩飾下去，眼前之人鐵定會翻桌，所以他便抬手說道：「如同我之前所言，皇甫小弟之所以能夠來到這裡，是因為他有一個成為分部成員的必備之物。」

「器具？」

張起唇，連殷鳴吐出必然的答案。

「沒錯。」柳逢時點頭肯定道：「我以為你會問皇甫小弟他的器具是什麼呢，誰知道你都沒有問，就這樣傻傻的帶著他過去。」

「……我可不想要帶著一個啥鬼都不懂的菜鳥冒險，我能動手當然盡量自己動手。」

「可以看戲呀。」柳逢時惋惜說道：「不把他推入火坑之中，皇甫小弟又怎麼能夠成長？」

「我要離開了。」

連殷鳴不給柳逢時耍白痴的機會，直接離開辦公室。

「我說的可是實話呢。」柳逢時背靠著椅子，輕鬆說道：「皇甫小弟這一回應該會知道他會成為我們一分子的原因了吧？」

一定會知道，因為柳逢時知道他們今日就會將這個任務結束。

──至於連殷鳴口中的「協助者」。

柳逢時斂起笑，對於那位不知名的協助者，其實他根本就沒有底。

冥鏡這次意外地沒辦法照出皇甫洛雲以外之人，皇甫洛雲周圍到底有什麼能人對他們的行動瞭如指掌？

他不知道，因為他還沒有去查。

直覺告訴他，那位協助皇甫洛雲的幕後者在這次的任務結束後，一定會來找他。

「還真刺激呢。」

喃喃地，柳逢時吐出輕輕的嗓音。

任務結束後，真正的好戲才正式上演呢！

柒・屋靈空間

皇甫洛雲緊張地躲在靠近凶宅的不遠處巷道。

同樣地，劉昶瑾也一樣學著皇甫洛雲，伸起脖子往前看。

「阿昶，別學我。」

看著劉昶瑾做出怪模怪樣的動作，皇甫洛雲覺得很彆扭。

「直接進去吧。」劉昶瑾拍了拍皇甫洛雲的肩膀說，「你的眼睛才剛睜開，分不清活人與死人的差別。」

聽到劉昶瑾這席話，皇甫洛雲當場猛咳嗽，差點被口水噎到。

「你、你說什麼？」

皇甫洛雲不相信他看到的是阿飄！

「阿飄呀。你看到的都是阿飄，這裡沒有活人。」劉昶瑾眨了眨眼，用那人們刻意逃避，卻故意用得十分可愛的遣詞說道。

「你怎麼知道？」

「沒有腳。」

「阿昶不要嚇我！」皇甫洛雲慌了。

「唉，相信我吧，我已經習慣了。」

基於家裡本身是走道士職業，劉昶瑾不可能無法視鬼。

「你習慣了，但我還不習慣。」

皇甫洛雲非常想要逃避現實，劉昶瑾一點也不懂他的心思。

「放心，以後只會更加習慣，不會有不習慣的道理。」劉昶瑾又說：「就當作壯膽吧，至少我會跟你進去。」

「好吧。」

皇甫洛雲完敗，他只好硬著頭皮跟劉袒瑾一起進去。

凶宅內，陰風陣陣。

冷風吹得讓皇甫洛雲的背脊不只發涼，他還懷疑裡面溫度快要讓屋子結霜了。

裡頭的溫度讓劉袒瑾也皺緊了眉，對於內部狀況顯得非常不解。

「怪了，這裡的屋靈應該走了呀。難道——」

一聲難道，皇甫洛雲和劉袒瑾的周圍起了變化。

腳下地板猛地消失，皇甫洛雲和劉袒瑾雙雙掉了下去。

他怨，他恨。

為什麼他會死呢？

『欸欸，我這裡有好貨，你要不要試看看？』

想到那位在道上混的同學露出一抹詭異的賊笑，慫恿他，讓他染上毒癮、敗光家產，也不想要去工作，一天到晚只想要跟家人要錢。

就算如此，回到問題源頭，他的父親是殺人凶手吶，是奪走他生命之人，理應要接受法律的制裁，為什麼他可以悠遊自在地在屋子裡走動？

他怨、他恨，他痛恨這一切。

沒有人覺得他可憐，只覺得他很可惡，死了也是應該。

『爸，為什麼你要殺我？我又做錯了什麼？』

輕輕地吐出嗓音，那幽怨的話語在半夜迴盪著，進入父親的耳朵，而他自己也聽得一清二楚。

『為什麼要殺我？是我罪有應得嗎？』

那麼，殺了他的父親呢？是否也該死。

『對不起、對不起，是我寵壞了我的兒子。』

父親對外說的那些話讓他感到噁心，若是殺他的父親沒死，這意思是不是代表他自己也不應該去死？

『為什麼，為什麼我會死呢？』

眸中的怨恨越來越深，像是被人拖入黑暗一樣，這些負面的思緒像是給了他力量，不斷地增強。

直到有一天，他聽到了聲音。

『你恨嗎？』聲音問。

是呀，他恨。

他恨他沒有得到一切，而卻親眼看著害他死亡的父親依然活在這人世。

『既然恨，那就讓他得到他應有的懲罰？我可以讓你掌握這一整棟屋子，也能控制進住其中的人們，你就運用這個天賦，讓你得到你本應擁有的一切？』

聲音笑著又問：『如何？條件很不錯吧？』

這麼好的條件讓他猶豫了，因為他不知道對方的來頭，也不知道對方的目的。

『什麼都不需要給我，你只要照著你的心意去做就好。』

聲音說完，他感覺自己的身體湧出了力量。

那是與往常不一樣的感受，於是他控制了父親，讓他不斷地將屋子租出去，讓進入的人不斷增加，讓他得以獲得更多的力量。

許多怨氣被他吸引而來，怨氣以為他是他們的同伴，卻不知，自己是要被吞食入腹的食物，等到他張起嘴，將怨氣一口咬下時，那些怨氣察覺到不對勁時，卻已經來不及了。

好吃。

他是這麼地覺得。

他咬著怨氣，感受著那只有活著時才擁有的咀嚼感，還可以聽著那些怨氣消失前的哀鳴聲，他頓時覺得——

啊啊，他果然是這地方的主宰呀！

只是他沒想到，之後屋子外面來了兩名不認識之人，直覺告訴他，這兩人會造成他的威脅。

無形的壓力席捲而來，他想跑、想逃，但他卻無法逃離這屋子。

該怎麼辦？

他想到自己能夠控制那些房客的意識，那麼，他應該可以逃過去。

僅僅是個想法而已，回過神，他就看到自己出現在父親後來入住的房子裡。

他飄浮在半空中，低著頭，看著倒在地上，不知死了多時的父親。

他應該要難過的，畢竟對方是自己的父親，但他心底像是被挖空一樣，並不會難過，只因為他已經死了。

他欣賞著父親的死態，看著沒人收拾的父親屍身，瞬間，他只有父親罪有應得的想法。

只是他沒有想到，逃得了一時，卻躲不過一世。

那兩人又來了，其中一人不是昨天到來之人。

以防萬一他驅動著父親將他們趕離，但他沒想到，其中一人在他猝不及防的狀況下再度進屋，而且還毀了他本來就居住的所在。

那個人呢喃般、像是故意要對他訴說的話語他聽得一清二楚。

——消失吧。

對那個人而言，他是必須消失的人。

他必須要反擊，不能一直被這些人欺壓。

只要那些人進入他的身體，他便能夠將那些人一網打盡！

不知道過了多久，皇甫洛雲顫動眼睫，重新睜開時，發現他來到一處陌生的房間。

「阿昶？」

手抵著額，皇甫洛雲感覺自己的頭很痛，顯得有些昏沉。

他左顧右盼，有人從他的背後拍著他的肩膀。

回過頭，便看到劉袓瑾的臉，但那張臉卻有些扭曲。

皇甫洛雲甩甩頭，似乎想要把不適感甩開，但還是不忘關切自己的同學。

「阿、阿袓，你沒事吧？」

「沒大礙。」

劉袓瑾抬起手，雙手扣住皇甫洛雲的額頭。

皇甫洛雲不解地看向劉袓瑾，不了解他想要做什麼，但他的頭還是很昏沉，便放任自己讓劉袓瑾扣著。

劉袓瑾鬆開手，用力朝皇甫洛雲左右太陽穴拍下。

瞬間，昏沉腦袋霎時清醒。

皇甫洛雲眨了眨眼，微晃著腦袋，眸中透出詫異神色。

「這裡的陰氣太重，你暈了。」

劉袓瑾下了註解，皇甫洛雲雙手交疊，恍然大悟。

「這裡是什麼地方？」

可能腦袋好使了，皇甫洛雲意識到他來到了一個自己本應不會前往的所在地。

「這是所有被屋靈下過記號之人所構成的意識空間。」

「嗄？」

皇甫洛雲的問題模式打開了。

「你可以當作……水鬼會抓交替，屋靈也是會抓人頂替自己、或是保護自己，不讓別人

毀掉他。」

「屋靈認為我們構成他的威脅？」皇甫洛雲苦笑說道：「我們像是什麼凶神惡煞，專門消滅他的嗎？」

或許連殷鳴很有可能光站著就有這樣的氣魄，但他可是頂天立地，百分之百是一般尋常人的普通人呀！

「皇甫，你忘記你身上有印記了？」

——六瓣花印記，那是陰曹給予陽世之人的印記。

持有印記之人必定是陰曹的陽世代表。

「呃！」皇甫洛雲差點忘記這枚六瓣花印記的存在。「所以花印記就跟探測針一樣，是鬼都會發現？」

劉袓瑾聞言，輕拍皇甫洛雲的肩膀，安慰道：「別太在意，習慣就好。」

最好是可以習慣！

皇甫洛雲已經沒有吐槽的精神，他只想要快點離開這個鬼地方。

「阿袓，我們要怎麼逃出去。」

雖然語氣顯得有些心虛，皇甫洛雲的救命稻草也只有這一根——劉袓瑾。

「你會使用花印記？」

「不會。」

立刻，皇甫洛雲誠實回答。

這秒答的速度快到讓劉袓瑾不知道該如何回應。

「阿昶，你爺爺有沒有告訴你持有花印記之人是怎麼使用花印記？」

皇甫洛雲悲劇了，難不成他們都會在這裡待到掛點為止嗎？

「……有。」很顯然地，劉昶瑾看到皇甫洛雲這可憐模樣，劉昶瑾動搖了。

「快告訴我吧！」

「你不是有看過你的同事怎麼使用六瓣花印記？」

「對。」

「爺爺跟我說過，六瓣花印記可以呼叫同伴，你試著用花印記，呼喚你的同事過來吧！」

「阿昶你是認真的？」

皇甫洛雲驚悚了，要他叫連殷鳴過來，直接送他一把刀自殺還比較快。

「再不快一點，我會有危險。」

驀然，劉昶瑾拋下這句話。

皇甫洛雲不解，為什麼劉昶瑾會說他自己會有危險。

他下意識地看著劉昶瑾，不知何時地面竄出了黑色藤蔓，攀爬纏住了劉昶瑾的腳。

「阿、阿昶！」

叫聲從喉中溢出，在皇甫洛雲還沒有意識到事情的嚴重性時，他看到劉昶瑾露出罕見的慌張神色，他來不及抓住劉昶瑾，眼睜睜地看著同學就被黑色的手用力地往下拉。

僅在眨眼之間，劉昶瑾從他的眼前消失。

隨即，莫名的房間空間裂出了一個黑色大口，連殷鳴從洞內跳下。

連殷鳴看到皇甫洛雲那幾乎慘白的臉色，問道：「菜鳥，被嚇到了？」

「我同學被抓下去了。」

皇甫洛雲愣愣地指手指著下面，他的腦袋裡轉的都是劉昶瑾被抓下去的影像，卻忘了起先他自己死都不肯對連殷鳴他們說出自己的諮詢對象是誰。

「嘖，你還真的帶人來了？」

聽著連殷鳴這席話，皇甫洛雲頓了一下，看來他有諮詢對象這一件事，柳分部的人都知道了。

「你怎麼知道。」饒是如此，皇甫洛雲還是想要知道自己是什麼時候露餡的。

「一個本來就對『這些事』完全不上心的人，突然這麼精明，還問到一些關鍵點，如果沒有人幫忙，那就是開竅了。」

雖然不管他怎麼聽，損人大過於讚賞，皇甫洛雲還是接受了。

「可是我同學……」

想到劉昶瑾被抓了下去，皇甫洛雲心底只有滿滿的虧欠。

連殷鳴瞅了皇甫洛雲一眼，淡淡地說：「沒有印記的普通人進入這地方，不會被抓那才真的是奇蹟。」

「那我要怎麼辦！」

皇甫洛雲慌了，他必須要快一點把劉昶瑾救出來。

「把屋靈找出來，消除他的怨，解除這裡的空間，你的同學若是沒掛，空間解除後他應該會一起出來。」然後，連殷鳴又問：「剛才他跟你在一起？」

「對。」

皇甫洛雲點頭。

連殷鳴默默地思考，看來是他想太多了？原本還以為幫助皇甫洛雲的人應該有兩把刷子，但沒想到，人居然這麼容易被屋靈捕獲。

「菜鳥，走了。」

既然有「人質」那麼他們的速度要快了。

連殷鳴拿出置在大衣左邊口袋的黑色裝飾槍，甫一拿起，隨即想到一件事——柳逢時刻意對他們提點之事。

「菜鳥，拿出你的器具。」

「啥器具？」

瞬間，皇甫洛雲直接送給連殷鳴一記大問號。

「使用戒珠的器具。」

「我沒有這東西！」皇甫洛雲大叫。

他是有戒珠、沒器具，器具什麼的，柳分部根本就沒有給他！

為什麼連殷鳴非常肯定他有器具？

「菜鳥，不要跟我打馬虎眼，器具你一定有，不然你也不會成為我們的一分子。」連殷鳴將槍口指向某處，冷然說道：「菜鳥，動作快一點。不拿出你的持有器具，那麼，你就跑吧！不要期望我會保護你，所以要祈禱你自己也不會被那些東西抓到。」

周圍又溢出了許多黑色如藤蔓一般的物質，連殷鳴見狀直接扣下扳機，發出「砰」的一聲槍響。

槍迸射出戒珠，皇甫洛雲聽到宛如吼叫一般的鬼魅叫聲。

地面滾落一顆透明且摻雜如黑煙一般的圓珠，連殷鳴看也不看，雙眼直盯著不知何時泛起光芒的左手花印記。

印記泛光，連殷鳴隨著光芒不斷扣著扳機，連續開了好幾槍，空著的手揚起，地面上混雜些微黑色光彩的散落戒珠頓時消失，出現在黑色裝飾槍的槍身旁，自動沒入裡面。

「嘖，這裡也太多怨了吧！」

連殷鳴低眉看著自己持有的黑槍，有些意外屋靈所控制的魂、意識居然這麼的多。多到連花印記依然亮著，指引著他要攻擊的方向。

難道他連踏入其中的人們都可以控制？

連殷鳴將右手覆蓋在左手持著的槍身上，摸著槍身上，寫著「絕」字的篆體字。

真是如此，那可就麻煩了。

劉昶瑾掉落到漆黑的最深處，那是一處四方形，看不出內部有任何擺設的小房間。

起先他的神情有些慌張，只是那像是要扮演給什麼人看似的，少了觀看者，慌張神情在這瞬間消失得無影無蹤。

攀附在他腳上的黑色藤蔓依然還在，它用著想要把劉昶瑾的腳扯斷一樣的力氣，讓他無法移動。

劉昶瑾輕哼一聲，腳下藤蔓啪地碎成黑色碎塊，消失在地面之上。

他輕鬆聳肩，踏著清晰的腳步來到房間之中。

「屋靈。」

劉昶瑾唇輕啓，天花板浮現出一團黑色的突起物。

『滾出去。』

屋靈發出叫聲，天花板上的黑色物體從中間裂開，顯露出一張滿是血色，雙目也像是滲了血一般的殷紅面孔。

劉昶瑾歙動鼻翼，鼻腔灌入屬於血的腥臭味。

他向後退了數步，遠離中央區域，因為黏在上方的屋靈落下了一坨坨的血塊，血塊黏附在地面上，接著滲入裡面。

「你不該擾亂活人的生活。」劉昶瑾說：「你已經不算是屋靈了。」

看著上方的屋靈，劉昶瑾非常確定，這位轉變成屋靈的魂，已經完全的墮入黑暗，怨已成障，就算是用戒珠拔除怨，也無法完整拔除，他還是要進入地獄，接受地下的刑責。

『咯咯，你真的以為你逃得出去？』

屋靈身子拉長，落入地上，低著頭，居高臨下地看著劉昶瑾。

劉昶瑾見狀，發出噗哧笑聲。

「你以為死後的你是最厲害的？」

『我是這裡的主宰。』

「國有國法，家有家規，死人也有死人的規矩，你以為沒有人能夠制服你，孰不知底下還有陰曹審判等著你。」

劉衵瑾再向後推了一步，腳底下浮出淺淺白光。

「當然處理你的人會是我同學和他的同事，請容我暫時告辭。」

輕輕欠身，白光向上竄起，劉衵瑾連同光一起消失。

麻煩走了，雖然不明白那位被自己抓的人，說了這麼多廢話為什麼還不被這幢屋子所困，但沒關係，裡面還有兩個人，這兩人才是讓他難以安穩，必須用些激烈手段自救之人。

莫名地，他聽到了那輕輕地，虛無飄渺宛如宣判般的嗓音。

——消失吧。

莫名地，腦海浮現出那名突然消失之人的模樣，然後，痛楚瞬間迎來。

屋靈像是被什麼東西刺著了一樣，發出尖銳叫聲。

『嘎啊啊啊啊——』

他所在的空間應聲崩解，化成一片片的碎片，部分消失在半空，部分落了地，碎成更多的碎片，接著消失。

屋靈回到了最初的所在，也就是那已經變成了凶宅，原本是他與父親居住的屋子。

他看到了皇甫洛雲和連殷鳴，而且意外自己刻意放置在屋內的房客之魂居然被消除得一乾二淨。

『你們——』

受到嚴重傷害的屋靈發出嘶啞難聽的叫聲，他沒想到自己居然踢到了鐵板。

『滾出去！』

他發出叫聲，房子出現劇烈震動。

他畢竟是這棟房子的主宰，縱使出現比自己還要厲害之人，只要他願意豁出一切，定是有辦法對付。

周圍的空間從地底開始重新構築，皇甫洛雲露出慌張神色，不明白屋靈為什麼會怒氣沖沖地叫他們滾。

畢竟空間是自己突然崩解的，他們根本就還沒有做什麼，屋靈就自己出現在他們的面前。

連殷鳴也覺得很納悶，他看著如血色一般，露出想要將他們撕碎的眼神的屋靈，就知道這個靈已經沒救了。

怨已成障，障即成業，他必須要快點處理。

左手舉起黑色裝飾槍，右手一翻，拿出一顆透著殷紅色彩的珠子。

皇甫洛雲眨了眨眼，眸中透出深深的疑問。

那是什麼珠子？為什麼會是紅色？

連殷鳴右手一拋，珠子沒入黑色的槍身，槍的顏色瞬間由黑翻紅，他轉著槍，眼睛眨也不眨，槍口朝屋靈比去。

他張起唇，沒有將話語說出，僅做出唇形。

斷罪。

扳機扣下，朝屋靈一槍開下——

槍迸射出紅色的光芒，連殷鳴手中的槍霎時變回了黑色。

屋靈被一槍打中，發出難聽的叫聲。

『啊啊啊——』

全身有如被火焰焚燒一樣，他只是要守護自己的地盤，為什麼那些人全都要針對他、驅逐他！

「那也只能怪你為了一己之欲而危害到他人。」

淡淡地說著，連殷鳴拿出戒珠，看著身上火焰依然燒著的屋靈，等待紅色戒珠還原，他就可以使用戒珠將他剩下的怨收起，將他的屋靈狀態解除，讓他到下界接受審判。

火光消失，殷紅的戒珠變成了暗紅色，珠子在地上滾動，屋靈身上的紅色色彩幾乎褪去，雖然還是有一條條的血色攀爬在屋靈的身上，地上的空間還是跟屋靈連結在一起，火焰並沒有燒斷屋靈與屋子之間的連繫。

連殷鳴知道，接下來用戒珠就可以處理掉。

『不甘心。』

屋靈的聲音震盪著空間。

他不甘心，為什麼倒楣的都是自己。

他的心依然無法平復，他還是詛咒著這世間，還有闖入地盤之人。

屋靈的身旁浮現出陣陣黑氣，如煙一樣圍在他的周圍。

「告訴我，我同學在哪裡？」

皇甫洛雲提起勇氣，對著理智幾乎快要消失，只想要將屋內之人全數趕走的屋靈問著。

『死了。』

屋靈怪笑，他不知道皇甫洛雲的同學是誰，對他而言，進入屋內的人都會死，所以進來的人都死了。

皇甫洛雲的心幾乎涼了半截。

劉袒瑾死了？

「菜鳥別發愣了，你的器具是什麼，事已至此，你還是不願意拿出你的器具？」

連殷鳴嘖聲，深怕皇甫洛雲被屋靈攝了心神，對他大聲說道。

同時，他也替這種靈而感到麻煩，他的武器根本就不會對屋靈造成實質上的傷害，對屋靈最有效的攻擊手法就是拿武器朝靈身上招呼過去，讓靈有「死」的實質感覺。

畢竟短暫的畏懼生不了怨，給予死的恐懼，才能有辦法將屋靈快速收起。

「我不知道。」

皇甫洛雲張起唇，訥訥說道。

他抓了抓空無一物的雙手，雙手都是空白，沒有抓到任何的物體。

他如果知道，也不會放任劉袒瑾被抓走，自己也不會無助地留在原地，一點忙也幫不上。

「成事不足，敗事有餘。」

連殷鳴嘖了一聲，思考該不該叫柳逢時過來處理這傢伙。

聽著連殷鳴這聲不滿碎念，皇甫洛雲便明白自己讓連殷鳴失望了。

他的器具是什麼？

連殷鳴對他說，持有器具是進入冥使事務所的最低標準。

他想要知道了，他很明確地知道自己的需求。

皇甫洛雲自知自己沒有像連殷鳴那樣的優秀身手與資歷，他只是新人菜鳥而已，但他有一個目標。
他想要將劉昶瑾救出，但屋靈卻說他死了。
死了也要見屍，只是他在哪裡？
皇甫洛雲最後見到劉昶瑾是看到他被抓了下去。
他下意識地低著頭，皇甫洛雲看著屬於屋靈空間的黑色地面浮出一點點的白光，白光沁入他的身體之中。
他緊張地向後退了好幾步，猛地抬頭，想要對連殷鳴說著腳下突然出現的異狀，但唇微掀，話音正要溢出，來到喉中的嗓音卻在這瞬間，用力嚥下。
腦袋是清明的，皇甫洛雲不知怎地，瞬間覺得自己「醒」了。
器具是什麼？
這個答案不是很明顯？
一開始他就知道了。
左手自動地朝旁伸去，想著第一次碰觸那東西的感覺，手虛空一抓，喊出了器具之名。
「『霜』！」
左手手背的六瓣花印記發出短暫的微光，手腕上的戒珠頓時消失了一顆。
如霜似雪，雪白色的刀身、雕花的木頭刀柄。雪色的鐮刀霎時出現在皇甫洛雲的手上，被他的手緊緊地握著。
鐮刀很輕，彷彿鐮刀就是自己身體的一部分，感覺不出一絲重量；明明沒有拿過，身體卻自己動了起來，輕鬆地舞著手中鐮刀。

鐮刀在舞動，刀刃清晰地在空間中劃出一條一條的刀痕。

刃部飄出白色的光點，散落在地上，白色的點侵襲了黑色的空間，慢慢地將屬於屋靈的空間吃食殆盡。

速度非常的快，十分安靜地，沒有任何吵雜的聲音。

皇甫洛雲揮著雪白色的鐮刀，來到屋靈之前，將屋靈一刀斬下。

屋靈面露驚恐，連聲音都沒有發出，化成了黑煙，凝聚成一顆墨色珠子，滾落地面。

他低著頭，看著在地上朝自己滾動的戒珠，耳畔邊傳來碎裂的音色，屋靈的空間霎時破裂解除，皇甫洛雲手中的鐮刀也化成雪色的碎片，發出叮叮的碰撞聲，隨即消失。

皇甫洛雲愣在原地，眨了眨眼，呆然地看著連殷鳴。

連殷鳴瞇起眼，神色似乎有些複雜地在思考些什麼。

「那、那個。」

過了些許時間，皇甫洛雲尋回了聲音，有些惶惶不安地拿著漆黑的戒珠，遞給連殷鳴看。

「戒珠？」連殷鳴挑眉，對皇甫洛雲說：「那是你拿到的，自己收好交給柳。」

「可是……我同學……」

皇甫洛雲看著周圍，他和連殷鳴站在玄關，但卻沒有看到劉昶瑾的蹤跡。

他想要進去找看看，或許劉昶瑾被關在什麼地方沒有出來。

連殷鳴看向面露慌張神色的皇甫洛雲，無奈地哼了哼氣。

「知道了，就陪你找吧。」

看在皇甫洛雲這次有幫上忙的分上，任務又處理完成，找一下人應該不會有多大的問題。

皇甫洛雲聽到連殷鳴這席話，終於鬆口了氣。

他挺怕連殷鳴叫他先回事務所回報任務，晚點再去找劉祖瑾。結果是他想太多，連殷鳴願意跟著他去找。

正當皇甫洛雲思考找尋方向時，手機傳來了簡訊鈴聲。

他拿起手機，簡訊的發送人是劉祖瑾。

皇甫洛雲見狀，趕緊將手機簡訊打開。

『我沒事，諮詢費打平。』

「我同學好像離開了，他沒事。」

看到簡訊，皇甫洛雲終於放下心中大石，開心地對連殷鳴說著。

「怎麼可能。」連殷鳴的唇中吐出疑惑音色，「屋靈是剛才解決的，他是怎麼比我們早走一步？」

瞬間，皇甫洛雲愣住。

對呀，連殷鳴說得沒錯，真是這樣，劉祖瑾又怎麼離開呢？

「菜鳥，他叫什麼名字！」

命令般的語句落下，皇甫洛雲下意識地張起唇，吐出同學之名。

「劉、劉祖瑾。」

下一秒，連殷鳴立刻抓起皇甫洛雲的手，空著的手揚出一張符紙，兩人霎時消失在這曾經是凶宅，內中已經沒有屋靈的空蕩屋子。

終・失蹤之人與決心

「真是有心。」

柳逢時單手支在桌上，一手拖著腮，輕鬆笑看著站在辦公桌前，神情一派悠然，拿著手機傳簡訊的青年。

「我同學會擔心，總是需要通知一下。」抬起眼，青年如此地回答柳逢時。

「你同學知道你的身分嗎？劉袓瑾同學。」柳逢時勾起唇，對著瞟著他，眸中看不出情緒的劉袓瑾。

劉袓瑾淡然一笑，揚起手，地面浮起白光，光芒沒入他的掌心之中。「今天他就會知道了吧？連殷鳴就在那裡，他對名字跟狗一樣靈敏，他不可能不知道我是誰。」

收起手機，劉袓瑾抬頭看著門口。

門口的空間出現歪斜，下一秒，連殷鳴拉著皇甫洛雲出現在辦公室門口。

「阿袓！你真的沒事？」

皇甫洛雲看到劉袓瑾站在辦公室裡面，立刻衝上去關切。

「嗯，沒事。」劉袓瑾偏頭說道，「看到簡訊了沒？」

「有有有，諮詢費打平。」皇甫洛雲點頭說道。

「喂，菜鳥。」連殷鳴雙目死瞅著劉袓瑾，對皇甫洛雲喝聲說道：「菜鳥，別站在那裡，快過來。」

「為什麼？」皇甫洛雲不解地看著連殷鳴。

連殷鳴見皇甫洛雲不打算有所動作，一個箭步向前，揪起皇甫洛雲的後頸，將他拖到後面。

「你怎麼會在這裡！」

連殷鳴的眸中透出明顯的厭惡，對於劉昶瑾，他完全沒有打算好聲好氣說話。更別提他聽到皇甫洛雲所吐出的名字，揭曉幫助皇甫洛雲之人的身分，他只有更加氣憤的情緒。

劉昶瑾理直氣壯地說：「同學被欺負，總是需要幫他理清狀況，當他的諮詢者囉。」

連殷鳴怒不可遏地喊道：「這也是菜鳥的事，與你無關。」

劉昶瑾聞言，無奈聳肩。

「好吧，既然大家都沒事，我也該走了。」

皇甫洛雲雙眼呆滯，腦袋空洞，怎麼劉昶瑾跟連殷鳴認識？

「你想走？」連殷鳴鬆開揪著皇甫洛雲的手，左手拿出黑色裝飾槍，槍口指向劉昶瑾說：「敢進這裡，豈有讓你安然離開的道理。」

「啊啊——別這樣！」皇甫洛雲見狀，擋在劉昶瑾身前，深怕連殷鳴不理智地開槍。

「我不會有事。」輕輕地，劉昶瑾拍著皇甫洛雲的肩膀，安慰道。

「可是……」皇甫洛雲猶豫了，連殷鳴可是露出勢必要宰了他的模樣呀！

劉昶瑾半側著頭，目光移到柳逢時身上，「柳，你的人。」

「知道知道。」柳逢時玩笑說道，「難得鳴抓狂一回，讓他抓狂一下嘛。」

「我不想把時間浪費在這裡。」

「好吧。」聽到劉昶瑾這席話，柳逢時再不出聲喝止那就太過分了，「鳴，住手，別這麼無禮。」

「哼！」連殷鳴恨恨甩手，將槍收起。

像是不想要繼續待在辦公室一樣，身影倏地消失。

看到連殷鳴直接跑了，柳逢時發出哎呀的嗓音，「哎呀哎呀，鳴也真是的。」

「分部長，今天的任務已經完成了。」

連殷鳴跑了，皇甫洛雲也想要快一點抓著同學離開，便將漆黑的戒珠放在柳逢時的桌前。

「嗯，不錯。」柳逢時笑著說道，「辛苦了，皇甫小弟。」

「不會，分部長我先走了。」說完，皇甫洛雲抓起劉昶瑾的衣袖，用力往門口方向揣著。

「等一下，皇甫小弟。」

「是？」

面對柳逢時那不意外的叫住，皇甫洛雲已經徹底習慣。

「這次的工作有何感想？」唇勾起，柳逢時的意圖非常明顯。

面對柳逢時的刻意問句，皇甫洛雲囧了一下。

什麼感想？

沒有沒有沒有！他不想要被分部長調侃！

「器具的使用，終於學會了嗎？」很顯然地，柳逢時一點也不想要讓皇甫洛雲裝死，「最後才發現領著你進入，被你歸為始作俑者的『鐮刀』就是你的器具，會不會太晚發現了呢？」

輕輕地，柳逢時發出淺笑，皇甫洛雲困窘地脹紅著臉，就連耳朵也淪陷。

「不過，還是要恭喜你任務完成呢。」柳逢時笑彎著眉，輕聲說道：「恭喜你完成任務，希望你下次可以繼續保持下去。」

「是。還請分部長多多指教。」面對柳逢時這席話，皇甫洛雲鞠躬說著。

只是皇甫洛雲並沒有看到，柳逢時將目光轉移到劉袓瑾身上。

「吶，皇甫小弟。你要不要你的同學介紹一下自己？」

「分部長別開玩笑了，我知道我同學是誰，他不需要自我介紹吧！」皇甫洛雲先是一愣，後乾笑回應。

「阿袓？」

「皇甫小弟，我來幫你的同學介紹一下。劉袓瑾，他是冥使事務所．劉分部的分部長。」

柳逢時起身，笑笑地抬手，像是在與皇甫洛雲介紹貴客似地，對著他說道：

「噯，我說的介紹不是這個呢。」

不自覺地，皇甫洛雲抓住劉袓瑾衣服的手霎時鬆開，眸中透出不解的神色。

「嗯，是這樣沒有錯。」意外地，劉袓瑾沒有否認，輕拍著皇甫洛雲的肩膀說道：「不然，我怎麼能幫你諮詢？」

答案揭曉，皇甫洛雲腦袋瞬間被這句話炸得亂七八糟。

劉袓瑾跟柳逢時一樣，都是冥使事務所的分部長。

打從一開始，劉袓瑾什麼都知道。

而自己就跟被愚弄的人一樣，一直被劉袓瑾騙得團團轉！

見狀，輕輕地，劉袓瑾嘆氣道：「皇甫，如果我一開始跟你說實話，你會信嗎？」

這聲提問讓皇甫洛雲回過了神，他用力搖頭。

對，他不會信。他只會認為劉袓瑾是順著他的故事，與他玩笑說著。

「所以，這就沒有欺騙的問題了吧？」劉袓瑾眼眸微動，半瞇著的雙眼透出堅定的目光，

「柳，日後我同學出了什麼問題，我會唯你是問哦？」
「放心，我不會讓這件事發生。」柳逢時笑著回答。
劉昶瑾再拍了拍皇甫洛雲的肩膀，拉著他離開辦公室。
「……真是麻煩呢。」
看著離去的人們，柳逢時露出苦笑。
驀地，女子倏地出現在柳逢時的面前，神情不悅道：「麻煩也是你帶來的，不要抱怨。」
「宓兒，別這樣挖苦我呀。」
柳逢時又苦笑了，好不容易等到甄宓消氣回來，居然還被調侃。
「柳，你不覺得這次的事件很怪？」甄宓暗自提醒柳逢時，認真道：「你也知道我去下面一趟，我稍微查了一下，沒有人干涉這次的任務。」
「嗯。」柳逢時含糊回應。
「柳！」甄宓有些生氣，大聲說道：「還有新人，你要怎麼處理他？另外，屋靈的怨氣明明就這麼的深，也可以直接干涉人世之人，為什麼現在才發現？」
她要提的重點在於，為什麼會因為「新人」而這件事才爆發出來。
在那之前，根本就沒有人知道。
「所以，柳，你打算怎麼處理新人？」
縱使甄宓利用自己的管道，看到連殷鳴和皇甫洛雲處理屋靈的狀況，也明白那柄白色鐮刀就是柳逢時堅持皇甫洛雲加入的原因。
但她覺得這還是不保險。

如果那真的是他們所想，皇甫洛雲對柳分部太過危險！

「宓兒，我們只能先觀望了，不是嗎？」柳逢時輕笑道，「所以，妳先不要管這麼多，好嗎？」

屋靈事件結束，皇甫洛雲回到家裡的次日就是爺爺的頭七。

以防萬一，皇甫洛雲跟柳分部請了假，和父母們回到了老家，完成爺爺的身後事，並看看爺爺這邊有沒有什麼有關於陰曹地府的線索。

一天下來，線索是零，但也很意外爺爺人望挺高，來參加爺爺頭七的人也不少。

結束了法會，皇甫洛雲跟著父母親送完爺爺的最後一程，回到家裡，又是一番激戰。

皇甫洛雲這才知道，其實爺爺有留遺囑。

這也難怪他的父母面對聯合對付他們的囂張親戚，完全站得住腳。

爺爺把他所有的一切留給了他最疼愛的孫子皇甫洛雲。

他是爺爺的遺產繼承人，那些古董、房子什麼的，都是由他繼承。

這也難怪親戚們很訝異且一直找父母麻煩，最後他們什麼都沒有得到，得了便宜的還是皇甫爺爺最疼愛的孫子這一家人。

面對這遺囑，皇甫洛雲心底其實也有個底。

皇甫洛雲真的沒有想到，如同劉昶瑾先前所言，他的確拿到了爺爺的一切。

只是他現在很煩躁，一點也不想處理。

無奈是，爺爺經營的一切他們都想要拿到進而變賣，沒有想到要留下爺爺的東西。

「爸，全都交給你處理了？」

爭論到了晚上，父親和親戚們依然是鬼打牆，沒有任何交集，皇甫洛雲意興闌珊地站起，隨便對父親說了一下話，找理由脫身。

「嗯，交給我吧。」說到這裡，父親偏頭想了一下，又起身，將皇甫洛雲拉到其他地方，對他問道：「有得必有失，小雲，你有什麼想要留下？」

此話一出，皇甫洛雲愣了一下，聽不懂父親這句話的意思。

「他們不會善罷甘休。」父親幽幽地吐出嗓音道：「我拿走了你爺爺的寶貝，不讓他們踐踏，但總是要給他們一些甜頭，堵住他們那張嘴。」

「我知道。」親戚是怎樣的人，皇甫洛雲心底也很明白。

只是，為什麼要問他？爺爺的東西真的不能留下？

父親看著皇甫洛雲那張納悶的臉，又說：「小雲，不讓他們善罷甘休，以後你會過得很辛苦。」

「所以，你打算將房子讓給他們？」皇甫洛雲從父親的話語中得出了結論。

親戚們搶不過父親，得不到爺爺的寶貝古董，他們便想要變賣爺爺的房產，包含那爺爺代代經營的古董店祖產，他是很明白的。

但真的要鬆手，皇甫洛雲也很掙扎。

畢竟，那是他從小看到大的房子。

若是真的要有所取捨，有一個地方他還是想要留下。「店可以留下嗎？」

他還沒有去古董店，如果爺爺有留下什麼東西，那邊可能會有，況且家裡地下室也只有把那些高價位的古董搬進去，在他的記憶裡，古董店內還有著放著廢棄古物的倉庫。

他想要去看看，原本收容鐮刀的所在之處。

「你說爺爺的店？」父親偏頭說道：「爺爺的遺囑也有說要把店給你，那邊的地段不好，或許他們不會想要跟我爭取。老家給了他們，這樣應該就夠了。」

「麻煩爸爸你了。」皇甫洛雲壓根不想要處理這些麻煩事，只能請自己的父親出馬了。

「不會麻煩啦。」父親抬起手，揉了皇甫洛雲的頭說，「畢竟這也是你爺爺的心願呀。」

說完，皇甫洛雲便看著父親回去親戚那邊，繼續談論「大人」的問題。

面對那邊極度擠壓抑鬱的氣氛，讓皇甫洛雲有些喘不過氣。

——活人可以滋生出「怨」。

隱隱約約，皇甫洛雲可以看到老家客廳內，盤據其中的黑色霧氣糾結在這個家之中。

手摀著胸口，皇甫洛雲低下眉，看著左手手背上的六瓣花印記，還有掛在手腕的戒珠，不自覺地，揚起手——

外面的夜色很美，皇甫洛雲走出老家，透一下新鮮空氣。

他摸了摸手腕上的戒珠，全然透明的戒珠裡，其中有一顆裡面被黑色染得混濁。

最後的狀況如同父親對皇甫洛雲說的那樣，除了古董店內外部所有權，還有父親先行搬走的古董之外，爺爺所有的房產都交給親戚們均分。

雖然最後的結果和平收場，皇甫洛雲還是感覺到自己的內心有一股莫名的情緒在心底滋生。所以他便走出房子，外出休息。

正當皇甫洛雲到處亂看附近時，遠處一抹身影被他的視線捕捉。

「誰在那邊！」瞬間，皇甫洛雲內心發出「喀噔」的警音。

他緊張地嚥下唾沫，喉頭的咕嚕響聲清晰地擾動著耳朵。

方才他看到了什麼？

腳步不自覺地抬起，皇甫洛雲順著那抹身影的所在之處追了過去。

他跑著跑著，也不知道追了多久，等到自己察覺到時，他已經來到了一處空地。

那個人就站在空地中央，那張冷漠的臉讓皇甫洛雲差點認不出對方是誰，而他的身上盤附著大量的黏稠的怨氣，讓皇甫洛雲下意識地抬手摀住嘴，不讓自己發出叫聲。

因為那個人看到他了，而那個人的眼神讓他很陌生。

「你……」皇甫洛雲向前，想要叫住他，但話音才剛起，腳步才剛往前踏上一步，那人身旁驀地出現無數個惡靈怨魂朝他襲去。

無數個尖銳叫聲像是立體環繞音響一樣在他的耳邊迴盪。

空氣裡，充滿著血腥與怨氣重疊的氣味。

皇甫洛雲感覺胃有些翻湧，這氣味讓他有些難以抵擋。

他下意識地召出白色鐮刀，將那些讓自己感到不舒服的氣味全都消除。

『冥使。』

見到皇甫洛雲這一手，惡靈們吐出怨怒嗓音。

『冥使，是冥使呀！那些總是阻擋我們的冥使來了。』

惡靈鼓譟，喚出更多的同伴朝皇甫洛雲襲去，皇甫洛雲下意識地揮動白色鐮刀，將惡靈驅逐，但那人卻早已消失不見。

「仲寒……」皇甫洛雲看著空無一人的空地，痛苦地吐出了那個人的名字。

之後，皇甫洛雲不知道自己是怎麼回家的，他滿懷著莫名心思，有些失魂落魄地跟著父母一起回家。

到了隔天，他約了劉袓瑾到早餐店。

「我會用器具了。」皇甫洛雲先隨便找了開場白說道，「而且我還是很意外你居然會是分部長。」

「家族事業，我已經提示過你了。」劉袓瑾接著又道，「我知道你會使用器具了，恭喜你。」

當劉袓瑾來到早餐店時，有注意到皇甫洛雲手中的透明戒珠裡，有一顆已經開始使用，珠裡透出些微的暗色。

但他知道皇甫洛雲還有其他話想要對他說。

只是他要等。

「還、還有，我、我見到了仲寒。」過了些許時間，皇甫洛雲終於開口。「阿袓你早就知道了吧？」

劉昶瑾沒有正面回覆皇甫洛雲，僅是微微聳肩，將手上的筷子放下。「我要回去了。」

「阿昶！」皇甫洛雲拍桌站起，他沒想到劉昶瑾居然要走。

「皇甫，你要知道我的為難之處。」劉昶瑾微偏著頭，嘆氣說道：「你跟我，是分屬於不同的分部。我是劉分部的分部長，而你是柳分部的員工。」

皇甫洛雲像是要逼迫劉昶瑾吐出答案，用力的吐出嗓音道：「所以？」

「對於基本相關問題，我可以回答你，但在調查中的事情，我就沒辦法了。」

「你的意思是要我自己查？」皇甫洛雲苦笑反問。

劉昶瑾輕輕點頭，代表自己的回應。

「我知道了。」既然劉昶瑾已經表態，皇甫洛雲便與劉昶瑾宣告，也像是要提醒自己，認真說道：「那我自己去調查吧，我要查出仲寒為什麼會變成這樣。」

他想起那棟屋子的老父親和惡靈。

更是想到回到老家時，家裡那濃郁黏稠的噁心氣息。

再來就是先前與劉昶瑾討論過，那個失蹤找不到的同學——姜仲寒。他為什麼會出現在老家附近？

皇甫洛雲不了解這個答案，但他也對這件事有著很大的疑惑。

怨對人的影響是這麼的深，一個好好的人也因為怨而性情大變？

他想要改變這一切，只要成為冥使，就可以杜絕這些事了吧？

並不只是為了姜仲寒，也是想要拯救其他人，讓他們得以從怨的掌握平安離去。

皇甫洛雲的決定，劉昶瑾都看在眼裡，有些故意地提醒道：「皇甫，雖然我們不屬於同一分部，我對你的幫助十分有限，基本上你還是要靠你自己或是你的同事，但是——些微的情報交換在我可容忍的範圍之內。」

劉袓瑾的意思非常明顯，皇甫洛雲感激說道：「謝謝你，阿袓。」

可能是有了決心、也或許是劉袓瑾透出願意「交換情報」的訊息，讓皇甫洛雲的內心輕鬆不少。

但又為什麼，他還是覺得自己忘記了一件很重要的事情呢？

——To be continued

後記

大家好，我是別名是櫻餅的櫻薰，最近已經真的成了碎掉的餅乾一枚。

《備位冥使》第一集出版囉！

這應該算是被我戲稱為皇甫小弟被人調侃（柳）、槍殺（鳴）、被耍（好同學）的悲催故事。以上都是純屬虛構，不需要當真，雖然欺負皇甫小弟是餅乾的志業，但還需要克制，以免總有一天餅乾睡不著，被鬼壓床而凶手就是皇甫小弟！（喂！）

《冥使》算是以前架構好，終於付諸行動的陰曹地府的故事，餅乾只能說，本餅乾最喜歡的就是妖魔鬼怪跟陰曹地府的故事啦！

這次的主角很可愛，看起來很精明，卻精明錯了的地方，而且周圍也有很多比他還要威的人，皇甫小弟還要想辦法提昇自己，不要讓自己被別人調侃和拿槍抵腦門。

偷偷附註一下，其實我一直把鳴拿槍抵皇甫的腦門列為萌點，皇甫的大驚小怪真的超可愛，雖然餅乾常常配角控發作，希望這次不會太嚴重呀！（掩面）

關於《冥使》這一部作品，希望大家看完第一集後，可以來餅乾的窩留言，餵食心得唷！

以下是餅乾的出沒地點，歡迎大家踏踏留言~

部落格：http://wingdark.pixnet.net/blog

噗浪（ＰＬＵＲＫ）：http://www.plurk.com/wingdarks

ＤＡＲＫ櫻薰

高寶書版集團
gobooks.com.tw

輕世代 FW031
備位冥使01六花淨魂

作　　者　DARK櫻薰
繪　　者　LASI
編　　輯　許佳文
美術編輯　陸聖欣
排　　版　彭立瑋
出　　版　英屬維京群島商高寶國際有限公司台灣分公司
　　　　　Global Group Holdings，Ltd.
地　　址　台北市內湖區洲子街88號3樓
網　　址　gobooks.com.tw
電　　話　(02) 27992788
電　　郵　readers@gobooks.com.tw（讀者服務部）
　　　　　pr@gobooks.com.tw（公關諮詢部）
傳　　真　出版部　(02) 27990909　行銷部 (02) 27993088
郵政劃撥　19394552
戶　　名　英屬維京群島商高寶國際有限公司台灣分公司
發　　行　希代多媒體書版股份有限公司/Printed in Taiwan
初版日期　2013年5月

國家圖書館出版品預行編目(CIP)資料

備位冥使. 1, 六花淨魂 / DARK櫻薰著. -- 初版.
-- 臺北市：高寶國際，2013.05-
　冊；　公分. --
ISBN 978-986-185-852-4(第1冊：平裝). --

857.7　　　　　　　　　　102006701

三日月